KB042927

우리의 감정은

우리의 것이기에

우리의 감정은 우리의 것이기에
사랑했기에 아파했으며, 치열하게 살았던 우리의 이야기들

초 판 1쇄 2024년 01월 29일

지은이 강백호
펴낸이 류종렬

펴낸곳 미다스북스
본부장 임종익
편집장 이다경
책임진행 김가영, 박유진, 윤가희, 이예나, 안채원, 김요섭, 임인영

등록 2001년 3월 21일 제2001-000040호
주소 서울시 마포구 양화로 133 서교타워 711호
전화 02) 322-7802~3
팩스 02) 6007-1845
블로그 http://blog.naver.com/midasbooks
전자주소 midasbooks@hanmail.net
페이스북 https://www.facebook.com/midasbooks425
인스타그램 https://www.instagram/midasbooks

ISBN 979-11-6910-475-3 03810

값 **18,500원**

미다스북스는 다음세대에게 필요한 지혜와 교양을 생각합니다.

우리의 감정은

우리의 것이기에

글 강백호 ㅣ 그림 강백호 윤소영

사랑했기에 아파했으며,
치열하게 살았던
우리의 이야기들

미다스북스

나의 기록이
당신에게 위로가 될 수 있기를

가족의 연이라는 이유로 많은 사랑을 주기만 했던
큰 별과 헤어짐을 겪은 이후, 여러 차례 삶을 포기하고
싶을 정도의 아픔들을 간신히 버텨 온 사람이 있었습니다.

그런 순간마다 느꼈던 감정들은 애써 무시한 채,
단지 자존심 하나만을 내세우며 이겨내려고만 했습니다.

풋내기일지도 모르는 사랑을 하며 자신의 마음을
모두 내어 주었다가, 상처들만 가득 되돌려받은 채
마음의 문을 굳게 닫아 본 경험도 있습니다.

물론 그때조차도 감정들은 챙기지 않고
항상 스스로가 만든 깊은 동굴 속으로 숨어들기 바빴죠.

긴 시간이 지나, 동굴 속 어둠이 자신을 삼키자
그제야 그 사람은 여태까지 겪어 왔던 감정들을 되돌아보며
하나씩 기록해 나가기 시작했습니다.

사랑했던 순간을 기록하며 웃기도,
이별했던 순간을 기록하며 울기도,
아팠던 시간을 기록하며 좌절하기도,
절박한 순간에 듣고 싶었던 말을 기록하며
조금이나마 따뜻해지기도 했습니다.

이 기록들은 필자의 이야기지만,
어쩌면 필자만의 이야기는 아닐 것입니다.

과거에 비슷한 상황을 겪어 왔을 수도,
아니면 이미 지금 겪고 있을 수도,
혹여나 미래에 겪을지도 모르는
당신의 기록이 될 수도 있기 때문이죠.

그러기에 지금까지 작성해 온 나의 기록을
조심스레 그대에게 선물하려 합니다.

우리는 살아가며 수많은 사랑을 경험하고
그에 따른 이별을 경험하게 됩니다.
무너져 내릴 듯한 아픔이 찾아올 때도,
예상치 못한 위로가 힘이 되어 줄 때도 있죠.

황홀한 행복을 주는 사랑과 외로운 슬픔을 주는 이별,
쓰러질 듯한 아픔과 그럼에도 살아가게 하는 위로는
아마 평생 멀어질 수 없는 관계일 것입니다.

그러기에 책을 읽기 전,
저는 그저 질문을 몇 가지 던져 보려 합니다.

사랑과 이별은 왜 같은 분야에 묶인 채
언젠가는 경험할 수밖에 없는 것인지,
아픔과 위로는 무엇 때문에 밀접한 관계임에도 불구하고
이리 다를 수가 있는지.

분명히 경험했었음에도 자세히 생각해 보지는 않았던
여러 가지 감정들을 이 책과 함께 고민해 보며
저와 같이 차분하게 풀어 나가는 시간이 되기를 바랍니다.

제가 이 책에 담은 소망은 딱히 거창하지 않습니다.

차갑기만 한 세상 속에서 스스로 무너지며
타인에 대한 미움과 원망들만이,
본인에게는 죄책감과 실망만이 남은 사람들.

그러기에 자그마한 위로와
공감이라도 받고 싶었던 사람들에게
나의 온기를 조금이나마 선물로 건네주고 싶습니다.

세상에는 아름다운 단어들이, 차마 그 뜻조차 모르고
사용하는 단어들이 무수히 존재합니다.

물론 그 단어들은 우리에게 큰 감명과 깊은 울림을 주지만,
이 책에서만큼은 잠시 잊어 보려 합니다.

분명, 우리가 느껴왔던 순간적인 감정들은 화려한 단어와
수려한 문장들로 이루어져 있지 않을 테니까 말입니다.

일상에서 흔히 접할 수 있는 단어들과 감정을
하나씩 소중하게 엮어 내어, 사람들이 쉽게 공감하고
더할 나위 없이 위로받을 수 있는 글들로만 채우려 합니다.

이 책을 읽고 있는 그대가 지금 느끼는 그 감정도,
매 순간 곱씹었었던 감정들도 절대 그릇된 것이 아니라는 걸
단연코 이야기하고 싶습니다.

상황에 따라 느끼는 감정은 각자가 다르기 마련이며,
그 감정을 풀어 나가는 방법 또한 무수히 많기 때문입니다.

이 책이 정답을 찾아 줄 수는 없을 것입니다.
다만, 길라잡이 정도는 될 수 있지 않을까 합니다.

그러니 부디 부정적인 생각은 잠시 멀리 던져 버린 채,
책을 통해 각자의 감정을 고스란히 느낄 수 있길
바라는 마음입니다.

우리의 감정은 우리의 것이니까요.

그다지도 힘든 삶을 버텨 내며 아픈 사랑과 더 아픈 이별을
여러 번 반복한 채 여전히 어두운 동굴 속에서 홀로 숨어
떨고 있는.

그럼에도 용기를 내어 세상에 나오려는
어딘가의 한 아이에게 이 기록을 선물합니다.

▶ 1장

너를 사랑하던 시간도

설렘이란 감정을 매일 너와

(3장

홀로 무너지던 시간도
나는 아직 너무나도 작기만 한 사람이라서

☀ 4장

언젠가는 결국 지나가겠지

그럼에도 나아가려 하는 모든 이에게

이 책의 끝에서는 당신의 기록이 시작되기를

1장

너를 사랑하던 시간도

설렘이란 감정을 매일 너와

❥

새들은 지저귀며 새로운 시작을 알렸고,
나의 감정들은 한없이 살랑거리기 시작했다.

그 순간 나의 모든 감각은 가만히 활동을 멈춘 채
오로지 한 곳만을 향했다.

그 끝에는 봄을 닮은 네가 손을 흔들고 있었다.

너와 나의 시작

나에게 있어서 사랑이란
의미 없이 주고받는 단어이자,
그 무엇도 내어 주고 싶지 않은 감정에 불과했었어.

사랑이라는 허울뿐인 말에게
나는 너무나 많은 걸 빼앗겼었고,
마음의 문은 점점 더 굳게 닫혀만 갔었으니까.

너와의 첫 만남에서도 내가 가장 먼저 보았던 건,
네 속마음을 짐작조차 할 수 없을 것 같은
아주 진한 검은색뿐이었어.

나의 모든 걸 앗아 갔던 단어를
너무나 쉽게 뱉던 너였기에 의심하며 밀어냈었고,
당연히 나의 마음 또한 너를 받아들이지 못했었지.

아니, 사실 두려워서 받아들이고 싶지 않았던 것 같기도 해.

하지만 시간이 흘러 계절이 바뀌어도,

너는 여전히 나에게 사랑이라는 단어를 되뇌고 또 되뇌더라.

마치 너의 모든 걸 앗아 가도 된다는 것처럼

내 모든 감정에 그 두 글자를 열심히 수놓아 주더라고.

이런 너의 말과 행동들 때문이었는지,

어둡게만 보이던 너의 색이 나도 모르는 새에

점점 밝아지기 시작했었어.

그러다 기어코 내 깊은 곳까지 너의 사랑이 수놓아지자,

나는 결국 너를 받아들이며 나지막이 중얼거렸던 것 같아.

아무것도 남아 있지 않아 보잘것없어도

너만 괜찮다면 나의 마음을 건네주고 싶다고 말이야.

그렇게 나는 허울뿐이라고 생각하던 단어에

소중하다는 의미를 담아 너에게 조심스레 건넸고,

넌 뭐가 그리 좋은지 해맑게 웃으며 날 안아 주더라.

덕분이야.

'우리'가 시작될 수 있었던 거 말이야.

그러니 이제부터는 내가 너를 더 사랑할래.

너의 모든 순간

항상 의문이었어.

너에게 시선이 닿을 때마다
평범하게 피어난 여느 꽃이 아닌
겨우내 추위를 버틴 후 피어난 꽃송이가 떠오르는 것 말이야.

아마 그 꽃송이는 피어나기 전,
땅속에서 봄이 오기만을 기다리며
불어오는 바람에 흔들리지 않으려고 무던히 노력했을 거야.

웅크린 채 벌벌 떨면서도 온기를 유지하려 애쓰고,
그 어떤 어려움이 닥쳐도 가장 중요한 무언가는
상처 나지 않게 스스로 감싸 안았겠지.

이렇게 생각해 보니 어렴풋이 알 수 있었어.

오랜 시간 아파하고 좌절하면서도
기어코 아름답게 피어난 그 꽃 한 송이처럼,
너 또한 모진 시간을 견뎌 내며 피어난 사람인 것을.

너의 빛나는 모습은 결코 쉬운 시간을 보내며
만들어진 것이 아님을 말이야.

그러기에 나의 시선이 닿아 있는 지금의 너는
너무나 아름다우며 사랑받을 자격이 충분한 존재야.

모진 시간을 견디는 동안 스스로 안을 수밖에 없던
그 모든 걸 온전히 안아 주고 싶은 사람이야.

그렇구나,
이다지도 사랑하지 않을 수 없던 사람이었어.

요즘도 너를 만나는 순간마다 변함없이 느껴.

"지금, 너의 모든 순간은 아름답고도
찬란히 빛나고 있다는 사실을."

4가지의 연으로 완성된 우리

은연, 인연, 필연, 찬연.
뜻이 다른 네 가지의 단어가 나에게 너를 이어 줬다.

은연중 너를 보았다.
아름답고도 슬퍼 보이는 한 사람이
우연히 나의 눈에 들어왔다.

은연중 스며들었다.
어느새 나의 감정이
그 한 사람을 사랑하고 있다고 속삭였다.

인연이 이어졌다.
수없이 흘러갔던 시간과 어지럽던 공간 속에서
우리는 무언가에 홀린 듯 서로를 찾아냈고,
그 무엇도 우리를 방해할 수 없었다.

그렇게 필연이 되었다.

네가 나의 곁에 있어야만 하는 연유가

날이 갈수록 하나씩 더 해졌고,

나는 네가 아닌 다른 도리가 없어졌다.

기어코 찬연함이 우리를 감싸 안았다.

너와 함께하는 모든 계절과 모든 공간이 눈부시게 빛났다.

4가지의 단어로 우리가 이루어지던 아름다운 순간들이었다.

사랑의 기준점

사랑의 기준점에 대해서 생각해 본 적 있어?

시작되는 그 지점은 어디인지,
언제부터 가장 어렵고도 아름다운 이 단어를
사용할 수 있는지 말이야.

그 기준이 되어 주는 건 '나'를 생각하는 것이 아닌
'너'를 생각하게 되는 순간이라고 말할 수 있지 않을까.

너로 인해 웃는 나보다,
나로 인해 웃는 너를 보고 싶은 것처럼.

너로 인해 행복한 내가 아닌,
나로 인해 네가 행복해지기를 바라는 것처럼.

내가 너의 편에 선 채 너를 지켜 주고 싶다고
생각하는 것처럼 말이야.

이러한 생각들이 어느샌가 찾아온다면
그때는 '사랑'이라는 단어를 떠올리는 게
전혀 고민되지 않을 거야.

사실, 나는 이미 그 순간이 찾아온 것 같아.

"네가 나로 인해 세상을 비출 수 있을 만큼 밝게 웃었으면,
그 누구보다 행복한 네가 되었으면 해."

우리가 되어 가던 과정

우리가 서로에게 이끌리듯 다가가던 과정은
소위 기적이라 단언해도 과언이 아니었고,
그 결과는 형언할 수 없을 정도로 아름다웠다.

하얀 구름이 푸른 하늘을 수놓은 그 어느 날,
서로의 발자국은 서로를 향해 남겨져 있었고,
마침내 두 개의 발자국은 포개어졌다.

그렇게 너는 내가 되어, 나는 네가 되어
다른 삶을 살아오던 서로를 품에 안았다.

그 순간은 마치, 낭만을 담은 황혼처럼
하늘이 내게 주는 선물 같았다.

너의 포근한 향이 나의 코끝을 스친 찰나에
확실하게 느낄 수 있었어.
서로의 거리가 한층 더 가까워졌다는 것을.

기어코 네가 내 품에 안긴 순간
알 수 있었어.
내 삶에 가장 큰 행운이 찾아왔다는 것을.

영원에 대하여

세상에 영원한 것은 없다.

항상 우리를 따스하게 안아 주는 저 햇살도,
밤마다 나의 눈동자를 반짝이게 수놓는 별들도,
휘어진 채 나의 하루를 위로해 주는 달빛도
시간이 흐르면 결국 존재하지 않는다.

너와 나의 이 순간들도 마찬가지일 것이다.

평생이라는 약속은 지킬 수 있어도,
영원이라는 약속을 지키지는 못할 것이다.

그러니 나는 진심을 담아
너와 함께하는 모든 순간을 사랑하려 한다.

서로 맞잡은 두 손,

사랑과 행복을 이야기할 때의 감정과 표정,

그리고 너와 나.

바보처럼 또다시 난

날이 어두워지면,
나는 살며시 눈을 감은 채로
너와 사랑을 나누던 장면을 다시금 떠올려 본다.

그 순간, 나의 귓가에는 잔잔한 태엽 음악만이 흐르고,
그렇게 그 장면 속 내가 되어 미소를 짓는다.

짙은 어둠만이 뒤덮은 밤하늘 아래에서
옅게 비치는 달빛을 조명으로 삼아
낡은 벤치에 앉아 있는 너, 그리고 나.

달빛보다 빛나는 너를 하염없이 바라보다가
시간이 멈춘 듯한 착각 속에 빠진 나는,
너무나 당연하다는 듯이
또 한 번 바보처럼 너에게 반해 버리고 말았다.

❥

이렇게 사랑하자

우리, 이렇게 사랑하자.
봄에 피는 꽃처럼
서로를 아름답게 가꾸어 주며,

여름에 내리쬐는 햇살처럼
서로의 순간들을 찬연하게 빛내 주며,

가을에 아름답게 물든 단풍처럼
우리의 사랑을 세상에 물들이며,

겨울에 내리는 눈처럼
포근하게 서로를 감싸 주며 사랑하자.

봄을 방해하는 모래바람처럼
우리의 관계를 누군가 방해하는 순간들도,

뜨거운 여름처럼
서로를 아프게 하는 순간들도,

비가 오면 떨어지는 가을 낙엽처럼
우리의 사랑이 흔들리는 순간들도,

살이 아려 오는 겨울처럼
서로에게 상처를 주는 순간들도 존재하겠지.

하지만 그럴 때마다
모든 계절 속 아름다운 순간들이 담긴 듯한 감정으로
그 모든 걸 이겨내며 하루하루 같이 걸어 보자.

그렇게 걸어온 길에는
분명 우리의 흔적이 진하게 남을 거고,
그 길의 끝에는 평생의 우리가 서 있을 테니까.

사랑의 형태

사랑이란 언제 어디서든 아무런 예고도 없이
다양한 형태로 다가온다.

아무런 이유 없이 그저 아낌없이 내어 주고,
더 내어 주지 못해 미안하다고 말하는 부모의 사랑.

설렘이 품 안 가득하여
상대의 미소만 보아도 행복이 흘러넘쳐
서로와 모든 걸 함께하고 싶은 연인의 사랑.

나의 전부를 맡길 수 있으며
의지할 데가 없을 때 서로가 기댈 곳이 되어 주는
부부의 사랑.

나에게 웃음을 주고 즐거움을 선물해 주며
아픔을 공감해 주는 친구의 사랑.

우리는 살아가는 동안 필연적으로 외로워하고 아파하기에
누군가에게 안기고 싶거나 울고 싶을 때가
존재하기 마련이다.

그러니 부디 지금부터 내가 하는 말을
항상 마음속 깊은 곳에 품고 다니며
스스로 당신의 마음을 조금이나마 안아 주고,
따뜻하게 달래 주었으면 한다.

"누군가는 이미 다양한 사랑의 형태 중 하나로써
당신을 진심으로 사랑하고 있으며, 그 사람에게
당신은 무척이나 소중한 존재임을 잊지 말길."

이 말을 의심하지 않아도, 두려워하지 않아도 된다.

당신은 어떠한 형태에 사랑이든
마음껏 받을 자격이 차고 넘치는 사람이니까.

➤

그 어떠한 단어도 부족한 너이기에

너를 주제로 한 글을 써 보고 싶어졌다.

내 머리 안에 들어 있는 모든 지식을 끌어내서라도,
세상에 존재하는 모든 책을 뒤져서라도
내가 표현할 수 있는 가장 예쁜 단어들을 조합하여
너에게 선물해 주고 싶었다.

'행복', '사랑',
'아름다움', '소중'.

그 어떠한 단어가 이다지도 어여쁜 너를
완벽하게 표현할 수 있을까.

세상 어떤 단어도 너의 아름다움을 표현할 수 없었으며,
그 어떤 문장도 너의 매력을 온전히 담아낼 수 없었으니
제아무리 글을 써 보아도 너의 앞에서는 무용지물이었다.

그럼에도 불구하고
나는 다시 한번 펜을 잡은 채
너를 주제로 한 글을 써 내려가려 한다.

온전히 너를 표현하기에는 서툴지 몰라도
나의 진심을 담아 정성껏 쓴다면
제법 괜찮은 글이 완성되지 않을까 싶어서.

한 편의 서정시

너를 만난 순간, 나는 음유 시인이 되었다.

너의 얼굴을 바라보며 세상에 존재하는
가장 아름다운 단어들 위에 정성스레 선율을 얹었고,
그렇게 내 생에 가장 완벽한 서정시가 만들어졌다.

그 시를 한 글자, 한 글자 읊어 나가는 시간에는
너와 나의 존재가 세상에 전부인 것만 같았으며
세상 모든 온기는 우리 주변을 떠나지 않았다.

이러한 시간을 밝게 비춰 주었던
찬연하고도 몽환적인 하늘의 조명은
이 완벽한 서정시의 제목으로 더할 나위 없이 어울렸다.

너무나 듣기 좋더라.
너의 이름과 아름다운 모습만으로
만들어 낸 이 음률들이.

그다지도 밝으며 따스한 너는
내가 이토록 사랑스러운 작품을
만들 수 있게 해 주었구나.

우리의 이야기가 되었으면

지금으로부터 55년 전이었을 거요.

아무것도 모르던 철없는 대학생 아이가
여느 그림 같은 사람에게 홀린 그날 말이오.

풋내 나던 아이는 겁도 없이 그 사람의
마음을 얻으려 무작정 달려들었고,
그 모습이 퍽 우스웠는지 그녀는 결국
조심스레 자신의 마음을 내어 주더군.

그렇게 10년이요.
내가 당신에게, 당신이 나에게
아름답고도 눈부시던 사랑을 속삭여 온 시간이.

그 시간이 지나갈수록 나비와 벌들이 꽃에 이끌리듯,
나 또한 당신에게 점점 더 빠져들었소.

평생을 같이 걷는 동반자가 되어
새로운 발걸음을 당신과 함께
내디디고 싶다는 욕심도 자연스레 생겼던 것 같소.

기어코 10년 전 철없던 그 아이는
당신에게 꽃을 쥐여 주며 평생을 말하였고,
당신은 그 아이에게 모든 걸 맡겨 주었어.
소위 기적이었지.

그렇게 나와 당신의 시간은 새로운 시계를 통해 흘러갔소.

당신과 함께할 수 있었기에
돈을 벌고, 집을 사고, 아이를 낳고,
그 아이가 커가는 모든 순간이
전혀 후회스럽지도, 고생스럽지도 않았소.

많은 시간이 흐른 지금, 우리는 변함없이
서로를 품에 안은 채 같은 침대에 누워 눈을 감고,
눈을 뜨면 서로의 눈동자를 다정하게
마주한 뒤 하루를 준비하고 있구려.

55년 전 그림 같던 당신은

여전히 액자 속 작품처럼 우아하게 빛이 나고,

나는 아직도 바보같이 당신 앞에만 서면

철없이 사랑에 빠지는 풋내기 20대 소년이 되오.

이렇게 당신과 함께한 내 삶, 이다지도 행복할 수 없었소.

행운이었으며 축복이었으니.

하지만 아쉽게도 이제 곧 우리의 시간이

멈출 때가 다가온 것 같소.

시계를 처음으로 되돌리고 싶어도

내겐 남은 힘이 별로 없구려.

당신의 삶과 모든 걸 내게 맡겨 주어서,

미련 없는 삶을 살 수 있게 해 주어서 진심으로 고마웠소.

나는 이제 하늘에게 간절히 빌어 보려 하오.

다른 세계에서도 우리의 시계를 다시 만들 수 있길,
당신과의 시간이 계속 흐를 수 있길 말이오.

아름답고 무용한 줄만 알았던 사랑이 이토록 유의미한 감정이란
것을 알게 해준 당신과 함께였기에
나의 마지막은 그 누구보다 자랑스러울 것 같소.

내가 눈을 감은 다음, 혹 누군가가 나의 삶을 묻는다면
당신은 부디 웃으며 답해 주시오.

"그대가 있었음에 나의 생은 더할 나위 없었다고."

이상적인 연애 방법 9가지

1. 서로에 대한 신뢰가 전제된 연애

2. 항상 연인의 기분을 물어보고 신경 써 주는 연애

3. 무슨 일이 있어도 서로의 편이 되어 주는 연애

4. 상대를 불안하게 하지 않는 확신적인 연애

5. 서로의 다름을 이해하고 맞춰 가려는 연애

6. 힘든 일이 있을 때 편히 기댈 수 있는 관계인 연애

7. 자존심이 없는 것이 아닌, 적당할 때 쓰는 연애

8. 예쁜 단어로 이루어진 대화를 하는 연애

9. 내일의 서로를 더욱 사랑해 주는 연애

❥
너의 이름을 썼다

오른손으로는 반듯하게, 왼손으로는 힘겹게
너의 이름을 한 글자씩 써 내려갔다.

그냥 그 기분이 좋았다.

쉽게 써지는 오른손에서는 편안함이,
힘겹게 써지는 왼손에서는 정성이 느껴졌기에.

비로소 너의 이름만으로 가득 채워진 도화지를 내려다보자,
나의 시야에 자연스레 너의 얼굴이 그려졌다.

그 감정을 이루 표현할 단어가 없었다.

그저, 사랑이었음을.

방황, 그 끝에서는

살아가며 한 번쯤 누군가의 사랑을 갈구하고,
끝내 그 사랑을 받지 못하여 마음이 저밀 때가 있다.

아마 당신에게도 그러할 때가 있었을 것이다.

지금 당신이 걷고 있는 그 길이
옳은 길인지, 아닌지도 모르는 상황 속에서
오직 그 사람만을 바라보며 방황했었던 지난날들.

그러기에 옳지 않은 길이었다 깨달아도
다시 돌아가지 못하는 악순환의 고리 가운데서
헤어나지 못한 채 아파하던 그대이기에.

겨우내 제자리를 찾은 지금,
더 이상 길을 잃은 채 헤매지 않았으면 한다.

옳은 길을 걸어갈 자격이 있으며
사랑받을 자격 또한 충분한 그대가
아픈 사랑 때문에 몸과 마음을 방황하게 두지 않았으면 한다.

만약 당신이 그 길을 아직 찾지 못했다면,
그저 눈앞에 존재하는 여러 가지의 갈림길 중
마음이 이끌리는 길을 따라 천천히 나아가면 된다.

꽃이 피어 있고 구름이 뭉개져 있으며
봄 내음 물씬 담은 바람이 불어오는 길을
당신은 반드시 찾을 수 있을 테니.

이제는 그대를 사랑해 주는 사람과 손을 잡고,
그 길을 행복하게 걸어갈 수 있길 바란다.

부디 더 이상 되돌아갈 필요가 없는
그 길 끝에 선 채 밝은 미소를 짓고 있기를.

사랑의 질량

사랑은 물체가 아니니 질량이 존재하지 않는다.

그러나 그 무게를 느낄 수 있다면
사랑의 질량은 이 세상 그 어떠한 것보다
비교할 수 없을 만큼 크다는 것을 알게 될 것이다.

여기 누군가는 사랑 하나만으로 평생 남처럼 살아온 타인에게
본인의 모든 걸 맡기고 의지한다.

그렇게 그 사람의 모든 건 사랑이 되고,
진심은 고스란히 사랑의 질량으로 나타난다.

그러기에 그 누군가는 너를 계속 사랑하려 한다.

우리의 사랑이 그 무엇보다 무겁게 느껴지는
이 순간을 절대 놓치지 않기 위해서.

이토록 사랑이라는 단어가 무겁게 느껴진다는 건,

네가 내게 주는 행복의 양이

감히 표현할 수 없을 정도로 과분하다는 것이겠지.

그럼에도 나는 이 무게를 계속 느끼고 싶어.

얼마든지 감당하고도 감당할 수 있을 거 같아.

밤하늘보다 아름다웠던 너

옥상에서 너와 함께
자그마한 돗자리를 침대 삼아 하늘을 올려다본 날.

밤공기가 바람에 실려 피부에 내려앉고,
더없이 맑은 새벽 내음이 코를 간지럽히던 날.

하늘에는 수많은 별이 빛나고 있었고,
달빛은 그 별들을 은은하게 비춰 주었으며
넌 세상을 다 가진 표정으로 해맑게 그 하늘을 바라보았었지.

지금, 나의 옆에 누워서
그때의 밤하늘을 다시 보고 싶다며
귀엽게 투덜대는 너의 모습을 바라보니
나도 모르게 기분이 좋아지네.

근데 그거 알아?

사실, 난 그날의 밤하늘이 잘 기억나지 않아.

별과 비교할 수 없이 찬란하게 빛나던 너의 눈동자와,

달보다 환하게 세상을 비추던 너의 미소에

나는 그만 넋을 잃고 말았었거든.

"그날, 너는 너무나 아름다웠어."

아빠의 바람

사랑하는 나의 딸아, 소중하고 아름다운 보물아.

한참 모자라는 아빠라서, 처음이라 익숙하지 않아서
너를 향한 나의 사랑을 전부 보여 주지 못한 것이
너무나 후회되는구나.

나이가 들어서야 사랑을 주는 방법을 깨달았지만
그러기엔 이미 너는 단단하고도
세상에서 가장 어여쁜 사람으로 자라 주었네.
미안하고도 고맙다.

항상 무뚝뚝한 아빠였지만
사실 나는 아직도 네가 태어났던 순간을,
시간이 지나 처음으로 아빠라고 부르던 순간을 잊지 못한단다.

내게 이런 존재인 하나뿐인 나의 딸아.
너는 사랑받을 자격이 충분한 사람이란다.

그러니 부디 네 본연의 모습 그대로 사랑해 줄 사람을,
본인의 모든 걸 내어 주며 널 아껴 주는 사람을 만나
그동안 받지 못했던 사랑을 충분히 받으며 살아가렴.

혹여나 너를 아프게 하는 사람을 만났다면,
너에게 상처 주는 사람을 만났다면
조금도 주저하지 말고 아빠에게로 돌아와도 된단다.

많이 늦었지만, 받은 상처가 다 회복될 때까지
그동안 못다 준 사랑으로 너를 안아 주고 싶구나.

부디 행복한 삶을 살며 눈물 흘리지 말거라.
아빠에게 있어서 너는 그 무엇보다 소중한 딸이니.

"나의 딸로 태어나 주어서 고맙다."

우리의 다름은 틀린 게 아니기에

모양이 다른 도형을 완벽하게 겹칠 수 없는 것처럼,

분명 우리도 서로의 이상과 현실 그 사이에서

다른 곳을 바라볼 때가 있을 거야.

살아온 환경이 각자 다르기에

같은 상황이어도 서로가 느끼는 감정 또한 다를 테니까.

하지만 다른 모양의 도형들을 쌓다 보면

새로운 형태의 조각이 만들어지는 것처럼,

너와 내가 서로의 다름을 인정하고 안아 주는 순간

아름다운 형태에 또 다른 우리를 발견할 수 있을 거야.

그러기에 나는

너와 나의 다름을 억지로 맞추지 않으려 해.

그저 있는 그대로 서로를 인정하고
이해해 주는 관계가 된다면 그게 바로 사랑인 것 같아서.

그러니 앞으로 각자가 단연코 틀린 게 아니라는 것을
항상 생각하고 되뇌자.

너의 행동은 틀리지 않음을,
나의 행동은 틀리지 않음을 잊지 않는다면
우리는 더욱이 아름다운 형태로 존재할 수 있을 테니.

너의 존재 덕분에

네가 존재하기에 더 이상
달이 차오르는 새벽에도 아파하지 않을 수 있음을,
다채로운 별들 속 나를 묻을 수 있음을 감사해.

네가 존재하기에 더 이상
무심코 걷는 새벽이 두렵지 않음을,
내일 떠오를 해가 불안하지 않을 수 있음을 감사해.

너와 연락을 주고받으며

집으로 돌아오는 그 시간은

고되었던 나의 하루를 잊을 수 있게 해 주고,

너의 목소리가 가득한 밤을 지새울 때는

그 어떤 피곤함도 느끼지 못할 정도의

따듯함이 나를 감싸 안아 줘.

엄마의 바람

나에게 찾아온 선물이자,
내 삶의 이유가 되어 준 찬연한 나의 아들아.

네가 세상에 태어나던 순간 느꼈었던 아픔들은
곧이어 내 품에 안긴 너의 온기만으로 눈 녹듯이 사라졌었단다.

품에 안긴 채 웃기도, 울기도 하며
나의 얼굴에 웃음꽃이 필 수 있게 해 주었던 너는,
시간이 흘렀음에도 여전히 밝은 미소를 띤 채
나를 바라봐 주는구나.

아들아, 앞으로 살아가는 동안
무수히 많은 아픔과 슬픔이 틈만 나면 너의 앞을
가로막으려고 할 테지만 너무 걱정하지 말렴.

넌 그 모든 걸 잘 이겨 낼 수 있는 사람이 틀림없으니
언젠가 분명 밝게 빛나는 순간이 찾아올 것이란다.

사랑하는 나의 보물아,
내가 너에게 준 사랑보다 더 큰 사랑을 받고 살 거라.

부디 아름다운 너의 눈에 눈물이 흐르는 순간이
평생토록 존재하지 않았으면 좋겠구나.

나의 사랑을 아무리 내어 주어도 여전히 부족한 것 같아
항상 미안하고도 아쉬울 뿐이다.

나는 앞으로도 변함없이 너의 모든 순간, 모든 감정에 조심스레
다가서서 최선을 다해 지켜 줄 테니
네가 가지고 있는 꽃망울을 예쁘게 피워 내길 바란다.

지금까지 잘 자라 주어 고맙구나.
이제는 나의 존재가 사라져도
완벽하게 피어날 준비가 된 것 같으니 다행이다.

부디 다음 생에도 나의 아들로 태어나 주렴.

태어난 순간부터 하루도 빠짐없이 사랑한단다.

향이 내게 주는 너

아무 생각 없이 길을 거닐던 내게
수줍은 설렘이 갑작스레 찾아왔다.

나의 주변에는 그 누구도, 그 무엇도 존재하지 않았지만
왠지 너의 향이 코끝을 스친 기분이었다.

이 설레는 향을 말로 형용할 수 있는 재주는 없다.

그나마 설명하자면 너의 향을 맡는 순간,
나는 더없이 넓은 하늘 아래 펼쳐진
푸른 잔디밭에 몸을 맡겨 눈을 감고 있다.

주위에서는 꽃과 나비가 서로를 품에 안으려 애를 쓰고,
황혼을 담은 적색 노을이 나를 따뜻하게 감싸 안아 준다.

이다지도 황홀하며 아름다운 모습을 담은 너의 향은,

항상 나에게로 하여금 가장 완벽한 형태로 다가와

내 마음속 깊은 곳에 자리한다.

더할 나위 없었다.

너의 향을 알기에 기억할 수 있는 지금이,

기어코 그 향이 내 마음속에 자리 잡는 순간

느껴지는 이 감정들이.

또한 너무나 감사했다.

향이라는 단순한 매개체만으로도 너를 떠올릴 수 있음과

기적 같은 너와 나의 사랑을 다시금 상기시킬 수 있다는

사실이.

부디 내일도 내가 걷는 길에 너의 향만이 가득하기를.

네가 완성해 준 노래

알 수 없는 멜로디가 끊기듯이 들리던 나의 삶에,
너는 한 걸음씩 다가와 기꺼이 그 멜로디 속 가사가
되어 주겠다며 손을 내밀었다.

그렇게 넌 본인과 꼭 닮은 어여쁜 단어들을
하나씩 나열하기 시작했고,
그 단어들이 한데 모여 비로소 우리를 그리자,
너무나 듣기 좋은 노래 한 곡이 완성되었다.

이제는 끊기듯이 들리던 멜로디도 부드럽게 흐르니
정성을 담아 불러 보려 한다.

너와 내가 같이,
우리의 사랑이 담긴 그 노래를.

매일, 너와

매일 서로의 하루를 공유하는 기적 같은 순간이 찾아오면
낮에는 산뜻함이 가득한 거리를 함께 거닐고,
밤에는 시원한 밤공기가 가득한 공원을 함께 산책하려고.

온종일 침대에 누워 네 품에 안긴 채
영화나 드라마를 보다가 잠도 들어 보고,
같이 운동을 하거나 네게 맛있는 밥을 지어 줄래.

그러다가 '오늘은 따사로운 햇살이 가득해서',
'내일은 밤하늘의 별이 무수히 떠서'라는 핑계로
네 귓가에 자그마하게 사랑을 속삭일 거야.

힘들 때마다 서로의 등에 기댈 수 있는
이상적인 모습으로 서로의 감정을 공유하고,
항상 행운과 행복이 우리 곁에 머무르는 나날을 보내고 싶어.

부디 나와 이 모든 걸 같이 하는 사람이 너였으면 해.

네가 내게 준 선물

항상 평평하거나 내리막뿐이었던 나의 입꼬리가
어여쁜 너를 만나 아름다운 오르막이 될 수 있었음을.

내 눈가에 피어 있는 웃음꽃들은
봄날의 햇살처럼 따뜻한 너의 마음과
하나의 물줄기 같던 너의 존재 덕분이었음을.

진심이 담긴 미소를 지을 수 있다는 것이,
행복이 무엇인지 느끼게 해 주었다는 것이,
이 모든 게 너로 인해 가능할 수 있었다는 사실이
얼마나 기쁘고 고마운지 몰라.

너에 대한 내 생각을 투영하듯,

그 어떠한 표현도 부끄러워하던 나의 모든 감정이

서로 앞다투어 너에게 다가가려 해.

오늘의 나보다 내일의 내가 더 사랑할게.

그렇게 하루하루 쌓여 가는 내 감정을 한 아름 모아

너에게 선물하고 싶어.

이유는 아무래도

네가 은연중에 나에게 찾아온 그 순간부터
너를 좋아하는 수만 가지의 이유가 생겨나기 시작했다.

하지만 얼마 지나지 않아 그 많은 이유 사이에서
가장 중요하고도 절대적인 한 가지를 알아차리자,
나머지는 아무래도 상관없어졌다.

내가 너를 좋아하는 이유는 단지 너라는 사람이기 때문이었다.

너의 미소를 보았을 때만 행복을 느낄 수 있었고,
너의 손을 맞잡았을 때만 내 주위가 온통 따뜻해졌었다.

너와 함께 울어 줄 수 있었기에 모든 게 슬프지 않았으며,
너와 함께 웃을 수 있었기에 내 삶은 유의미하게 흘러갔다.

너라는 존재 그 자체가 나에게는 행운이자 행복이니

어찌 너를 사랑하는 다른 이유가 필요할까.

행운과 행복 그 어딘가

너를 만난 건 나에게 행운이었고,
그런 너와 사랑을 이야기할 수 있다는 게
더할 나위 없이 행복한 나날들이다.

너를 만나 느낀 행운과 행복.

두 가지 단어 사이 그 어딘가에서
비로소 나의 존재 가치가 증명되는 기분이다.

너를 마주쳤기에 내가 살아갈 수 있었고,
너와 맞닿았기에 살아가고 싶으며,
너와의 사랑을 위해 앞으로도 살아가야겠다.

온전히 네 덕분이다.

살면서 한 번 마주하기도 힘든 단어들이
반갑게 나를 찾아와 준 연유 말이다.

이런 나를 사랑해 줘서 고마워

문득 그런 날이 있었어.

아무 일 없는데 나의 마음속에는 비가 내리고,
그런 내게 우산을 씌워 주는 너마저
괜스레 미워지던 그런 날.

사소한 일에도 아픈 감정을 느끼게 되고,
그 감정이 스스로 배가 되어 마음에 상처를 내는 날.

이런 나를 사랑해 주는 너에게
나의 아픔과 상처까지 안겨 주고 싶지는 않았어.

그러기에 더욱 나의 본모습을 숨기고 감추기 바빴던 것 같아.

그 과정에서 아무런 잘못도 없는 너한테 화를 내곤
나 정말 못됐다고, 나는 도대체 왜 이러냐고

스스로 자책하며 후회하기를 반복했었어.

하지만 여전히 너는 나의 곁에 남아 있더라.

묻지 말아 달라고 하면 묵묵히,
들어 달라고 하면 조용히 나의 눈물을 닦아 주고 안아 주더라.

그런 네 모습이 이해되지 않아 결국 너에게 물어봤었어.

"이런 나 힘들지 않냐고, 그만 포기하고 싶지 않냐고."

이 질문에 너는 세상에서 가장 예쁜 미소를 지으며
대답해 주었지.

"그것 또한 너의 모습이니까. 나는 그런 너를 사랑하는 거고."

그 말 한마디에 그저 하염없이 무너져 내린 것 같아.

아무것도 아닌 나를 이다지도 사랑해 주는 네게,
상처만 안겨 주어도 전혀 아프지 않다며

얼마든지 해도 된다고 말해 주는 네게
너무나 고맙고 미안해서.

이제는 더 이상 그 무엇이든 너에게 숨기지 않으려 해.
그러니 너도 나에게 모든 걸 맡겨 주라.

늦었지만 나도 너의 모든 걸 안아 주고 싶어.

"고마워, 나의 편이 되어 주어서."
"고마워, 나를 이토록 사랑해 줘서."

그대와 함께이기에 완벽했다

홀로 거닐 때는 짙은 어둠과 적막만이 나를 감싸던 이 거리가
그대의 손을 잡고 거닐 때는 이토록 낭만이며 아름다울 수
없음을.

그 어떤 조명도 존재하지 않는 거리가
그대 하나만으로 눈부시게 밝아지고,
좁은 골목을 통해 차갑게 불어오던 스산한 바람이
그대의 향을 담고 불어오는 시원한 바람으로 바뀌었다.

이제는 더 이상 이 거리를 벗어나려 하지 않는다.
외려 벗어나고 싶지 않은 마음이 커져만 간다.

그저 이렇게 그대와 나 단둘이서 평생을 말하고,
우리만 남겨 둔 채 시간이 멈춘 것 같은
이 순간이 너무나 완벽하기에.

그렇게 사랑하자

오늘은 하늘이 이다지도 예뻐서,
내일은 한 아름 피어 있는 꽃들이 예뻐서.

이처럼 하루하루 널 좋아할 연유를 찾고,
그 연유를 핑계 삼아 오늘보다 내일 더 사랑해 보려 해.

그러니 넌 하늘이 예쁘다는 연유로,
꽃들이 거리를 수놓았다는 연유로 나를 찾아줘.

그럼 나는 그 푸른 하늘을,
아름다운 꽃들을 같이 보러 가자고 말하며
설레는 발걸음으로 너를 찾아갈게.

그렇게 서로의 연유를 핑계 삼아 평생을 사랑하자.

서로를 향한 감정을

때로는 수줍게, 때로는 당당하게 전하자.

그렇게 하루하루 다르게 사랑할래.

매일 너와 함께 설렘이라는 감정을 느끼며.

2장

너와 이별하던 순간도

나의 후회이자 아픔이며 사랑이었던

☂

옹졸한 나의 마음이

너를 아직 놓지 못하겠다 고집부린다.

네가 나의 곁에 머무르던 그 순간들은

구태여 너를 떠나보낼 엄두가 나지 않을 만큼

행복한 나날들이었나보다.

너와 나의 마지막 이야기

평소와 다름없는 날인 줄만 알았어.

너와 싸우고 잠든 뒤
아침에 눈을 떠 휴대폰을 확인해 봐도
여느 때와 다름없이 너에게서 연락은 오지 않았으니까.

너의 태도가 이렇게 변한 건 오래전부터였지만,
이 사실을 자각해 버리는 순간 너와의 관계가
끝나 버릴 것 같아 애써 외면했었어.

근데 오늘은 다르더라.

그저 평소 같았던 오늘이, 당연하다고 생각했던
너의 행동들이 너무나 아프고 쓰리게 느껴졌어.

손쓸 틈도 없이 나는 그 사실을 자각해 버렸고,
결국 너에게 한참 늦은 이별을 이야기했지.

사실 너와 사랑을 나누던 모든 순간이 아팠어.

그러기에 이 사랑은 시작해서도, 이어가서도 안 됐었는데
도저히 인정할 수 없었었나 봐.

네가 내게 뱉었던 모진 말과 행동,
항상 내가 차순위였던 너의 생각과 연락들,
나와 맞지 않는 이상과 그에 따른 다툼까지
모든 상황이 나에게 이별을 경고하고 있었는데도 말이야.

그럼에도 마지막까지 나의 탓을 하는 너를 보고 다짐했어.
이별의 아픔과 슬픔은 절대 겪지 않으리라고.

그러니 너는 정말 많이 아프고 슬퍼했으면 좋겠다.

잘 가.

나의 모든 걸 바쳤지만 모든 걸 잃게 만든

후회이자 아픔이며, 사랑이었던 사람아.

내가 놓지 못한 물망초 한 송이

물망초의 꽃말은
'나를 잊지 말아요.'

이미 나는 불가능하다는 걸 알고 있지만,
바라기에는 너무나 큰 기적이라는 걸 알고 있지만,
아직 손에서 놓지 못한 물망초 한 송이.

내가 생각한 결말은 아니었지만

책을 한 권 완성했습니다.
그대와 나의 이야기가 한가득 들어 있는.

우리의 영원을 말하며 끝맺음할 줄 알았던 이 책은
나의 일방적인 시선과 마음만이 마침표가 되었습니다.

비록 내가 소망했던 결말은 아니지만 괜찮습니다.

나는 여전히 그대를 마음속에 품은 채
이 자리 그대로 서 있으니까요.

아직 완성되지 않은 당신의 책 속에선
나는 중간에 등장했었던 조연뿐이겠지만 어떠합니까.

작가가 그대인 책에 잠시나마 등장할 수 있었던 조연인데.
그저 그대에게 쓸만한 주제가 되었었다는 것에

희미한 미소를 지어 보려 합니다.

나는 이제 이 자리에서 여전히 우리를 그리며,
당신이 주연이었던 나의 책을 닳고 닳을 때까지
넘겨보려 합니다.

그러다 혹여 그대가 나의 앞에 다시 나타난다면
정성스레 선물해 드리겠습니다.

작가의 말에 오직 사랑과 관련된 단어만이
적혀 있는 나의 책을 말입니다.

감사합니다.
당신을 결말로 한 책을 쓸 수 있게 해 주어서.
당신이란 사람에게 사랑을 말할 기회를 주었음을.

미안합니다.
그대는 이미 내 곁을 떠났지만
내 책의 주연은 여전히 당신이라는 사실이.
그대에게 고작 나라는 사람이 나타났었음을.

서로가 전부였던 그 순간이

문득, 아니 어쩌면 자주 그리워집니다.
당신이 나의, 내가 당신의 전부였던 그 순간이.

기쁘고 행복한 감정들은
서로의 존재만으로도 충분히 느껴졌었고,
아프고 슬픈 감정들은 서로의 존재만으로도
충분히 위로되는 순간이었습니다.

서로의 손을 잡고 거닐면 그 어떤 길도
여느 봄 길처럼 따스했었고, 서로를 품에 안으면
그 어떤 추위도 우리의 곁을 탐하지 못했습니다.

사랑을 속삭일 때면 한 번도 느껴 본 적 없는
달큰한 감정들이 나의 귓가에 맴돌았었고,
서로의 얼굴을 마주 보면 그 어떤 꽃보다
아름다운 당신의 미소가 나의 눈에 담겼습니다.

사실 어쩌면, 그 순간이 아닌 그대라는 존재 자체가
그리운 것일지도 모르겠습니다.

아니, 마냥 그립습니다.

그대라는 사람 한 명이 떠났다고 해서
내 안에 이다지도 커다란 여백이 남을 줄 몰랐습니다.

아무래도 당신은 예상보다 훨씬 더 다분하게
나의 감정을 채워 주고 있었나 봅니다.

그러기에 혹여나 누군가가 나타나
나의 전부가 되어 준다 해도,
방치되어 텅 비어 버린 나의 감정을
완전하게 채워 줄 수 없을 것 같습니다,

더 많은 이유를 설명할 수 있는 재주는 없습니다.
그냥, 왠지 그럴 것 같습니다.

나의 존재는 잊어도,
나와의 행복했던 감정은 기억해 주기를.

나의 손은 잊어도,
서로의 손을 맞잡으며 느꼈던
따스한 온기만은 간직해 주기를.

그러다가 문득 내 생각이 난다면,
그때는 어렴풋이 나의 존재를 떠올려 줘.

그 말만은 듣고 싶지 않았는데

너에게만큼은 평생 듣고 싶지 않았던 말.

따듯한 너의 목소리가 처음으로 차갑게 느껴지던 말.

나의 새벽 속 아픔을 다시금 상기시키는 말.

너에 대한 마지막 기억이 되어 버린 말.

우리는 이제 이루어질 수 없다던 그 말.

해를 연모하는 달처럼

해를 연모하는 달처럼,
이다지도 사랑했던 너는
더 이상 내가 절대 마주하지 못하는 사람이 되었구나.

이제는 밝게 떠 있는 해의 뒤에서
그 모습을 하염없이 바라보는 여느 달처럼,
나 또한 너의 웃는 모습을 먼발치에서
말없이 바라만 보려 한다.

다시는 너에게 다가갈 수 없음을 잘 알고 있다.

그럼에도 불구하고 너의 미소를 볼 수만 있다면
나의 입가에도 미소가 필 테니 그걸로 되었다.

이별을 다짐한 너에게 전하는 말

이별의 감정이 너에게 닿기까지
얼마나 고되고 아픈 시간을 버텨 내 왔니.

그 감정을 완전히 받아들이는 순간
모든 아픔이 너를 공격하겠지만,
분명 아픈 시간이 그리 길지는 않을 거란다.

너는 여전히 사랑받을 자격이 충분한 존재이니
반드시 더 큰 사랑이 늦지 않게 다가와
너를 따뜻하게 감싸며 지켜 줄 것이거든.

그러니 지금은 온전히 슬퍼해도 되고, 울어도 돼.

여태껏 그 사랑에 쏟아 왔던 마음들을
너의 눈물로 하나씩 흘려보내며
힘든 감정들을 천천히 지워가 보자.

단연코 스스로 자책하지 않아도 된단다.

그동안 그이에게 받은 아픔이
그이가 준 사랑보다 더욱 많았음을 알기에.

우리, 힘들겠지만 이제는 조금씩 행복해지자.

네가 받았던 아픔보다 더 큰 사랑을 건네주는 사람을 만나
그늘져 있는 네 얼굴에 한 줌 햇살이 드리우길.

이다지도 사랑받을 자격이 충분하고도 차고 넘치니,
네가 비로소 그 사랑들을 온전히 받으며 살아가길.

너의 잘못이 아니라고 이야기해 주는 사람을 만나
더 이상 너의 새벽에 눈물이 차오르지 않길.

이 모든 바람이 너에게 닿을 수 있기를 바라고 바랄게.
반드시 너는 남김없이 행복하기를.

탈진되어 버린 감정

너와 맞잡은 손을 놓던 순간,
모래성이 파도에 밀려 부서지듯
나의 마음은 산산조각이 났다.

오랜 시간 공들인 탑이 한순간에 무너진 것처럼
허무하기 짝이 없었고,
작은 불씨 위에 차가운 물을 쏟아 버린 것처럼
그 어떤 희망도 존재하지 않았다.

나의 모든 감정은 너와의 이별을 받아들이기 위해
무던히도 노력하였지만, 그조차도 의미 없는
노력일 뿐이었다.

너를 사랑했다. 후회 없이 사랑했다.

그러기에 더 이상 내게는 이별을 추스르기 위한 일말의
감정도 남아 있지 않았다.

이런 나를 뒤로한 채,
여느 때와 다름없이 여실히 아름다웠던 너는
조금의 여지도 남기지 않고 점점 멀어져 갔다.

너를 잊으려 아무리 애를 써 봐도
결국에는 하찮은 발버둥뿐이었다.

내게 너무나 큰 존재이자 삶의 의미였으며,
그 무엇도 채워 주지 못하는 너의 부재를
이미 탈진해 버린 나의 감정들이 이겨 낼 방도는 없었다.

나는 여전히 이별을 고한 너를 미워하지 못한 채
탈진해 버린 감정들을 그저 방치해 두고 있다.

너는 왜 이제야

낮설지만 익숙한 번호가 내 화면을 채웠어.

다시는 받지 않겠다고 몇 번을 다짐했었건만,
이미 나의 손은 통화 연결을 누르고 있더라고.

전화가 연결되니 술기운이 가득한 채
약간의 울음과 미련이 섞여 있는 너의 목소리가
수화기 너머로 들려오더라.

네가 많이 보고 싶다는 말,
너 없이는 안 될 것 같다는 말,
내가 잘못했다며 용서를 바라는 사과와
네가 가장 소중했다던 후회까지.

너는 내가 가장 듣고 싶었던 말들을
우리의 이야기가 끝난 지금에서야 해 주더라고.

왜 이제야 해 주는 거야?
더 빨리해 줄 수도 있었잖아.

우리가 손을 놓기 전에,
나의 새벽이 힘들기 전에,
내 눈물이 흐르다 못해 말라 버리기 전에 말이야.

그러니 네가 이토록 미울 수밖에.

지금에서야 그런 말들을 해 주는 네가,
하염없이 울면서 잡아 봐도 나를 바라봐 주지 않던 네가,
기어코 나에게 상처만을 안겨 준 채 떠나갔던 네가 말이야.

이제야 겨우 나의 꿈속에 네 모습이 보이지 않는데,
이제야 겨우 기억을 되짚어야 너의 번호가 떠오르는데
너의 전화 한 통에 이 모든 게 쓸모없어져 버렸어.

그럼에도 더 이상 흔들리지 않기 위해
내 귓가에 네 목소리가 닿을 때마다
소용돌이치는 나의 감정들을 애써 무시하며

아무렇지 않다고 스스로 속였어.

나는 절대 돌아가지 않을 거야.

또다시 상처받는 것이 너무나 두려워서,
사랑을 주기만 한다는 게 얼마나 힘든지 알아 버려서
다시는 너에게 돌아가지 않을 거야.

근데 있잖아,
수도 없이 다짐하고 또 다짐해 보아도
네게 그토록 듣고 싶었던 말을 이제라도 들으니
나도 모르는 새에 속도 없이 기뻐하고 있더라.

나의 감정들은 손쓸 틈도 없이
수화기 너머로 들려오는 네 목소리를 향하고 있더라고.

이런 내가 참 밉고 한심한 밤이네.

나는 왜 아직도 너라는 심연에서

헤어나지 못하고 허우적대기 바쁠까.

그저 한순간에 사라질 수도 있는 이 감정을

왜 여태 놓지 못하고 있는 건지.

큰 별의 빈자리

당신의 잔소리가 그리워지는 날이 있어요.
하루가 고되었던 날에는 특히나 더.

그럴 때마다 나를 찾아오는 쓸쓸함에 이끌려
당신이 사용하던 번호를 누르곤
의미 없는 통화 연결음에 마음을 기대어요.

하지만 이제는 차가운 기계음만이
따듯하고 다정한 목소리를 대신하여
수화기 너머로 들려오네요.

누군가 나의 소원이 무엇이냐 묻는다면,
부디 다음 생엔 이번보다 더 오래
당신과 내가 가족의 연으로 이어지는 것이라고,
다음 생에도 당신의 무릎을 베고 누워
그대가 나누어 주는 사랑을 받는 것이라고 이야기할 거예요.

그러기에 오늘도 나는 어김없이 하늘에게 외치려고요.

어째서 나의 가장 큰 별을
이다지도 빠르게 데려갔냐는 원망 섞인 푸념을.

그러니 오늘만큼은 당신이
나의 꿈속에 나와 주었으면 하는 간절한 바람을 말이에요.

당신이 떠나고도 많은 시간이 흘렀지만
나는 아직 당신의 빈자리가 너무 커요.

그러니 만약 이번 생이 괜찮으셨다면,
버틸 만하셨다면 다음 생에도 나를 낳아 주세요.

이제는 더 이상 같은 하늘 아래 존재하지 않지만
부디 거기서라도 행복하게 지내시길 바랄게요.

"사랑합니다."

우리의 시간은 다르게 흘러가겠지

우리의 관계가 끝난 지도 벌써 한 달이 흘렀어.

네가 힘들다고 떠나간 자리에
나는 아직 홀로 남아 아파하는 중이고.

모두 내게 시간이 해결해 줄 거라고 말하지만
나의 시곗바늘은 아직 네가 떠나가던 그 시간에
멈춘 채 단 한 걸음도 흘러가지 않고 있어.

이러기에 나는 더 이상 네게 닿을 수 없겠지.

완전히 멈춰 버린 나와 다르게
너의 시계는 열심히 흘러가고 있을 테니까.

그러니 이제는 구태여 받아들이려고.
너와 나의 시곗바늘은 더 이상

같은 방향과 속도로 흘러갈 수 없다는 사실을.

형용할 수 없는 감정

이 감정을 형용하기 위해 어떠한 단어를 대입해 보아도,
어떠한 문장을 지어내 보아도 불가능했다.

오랜 시간이 지나는 동안 수많은 힘을 쏟아 보았지만
도저히 할 수 없었고, 그제야 나는 인정하게 되었던 것 같다.

아니,
끝까지 부정하고 싶었지만 인정할 수밖에 없었다,

당신의 부재로부터 몰려오는 모든 감정은
그 어떤 표현으로도 도저히 형용할 수 없는 감정이었다.

그냥, 아직도 당신이 많이 보고 싶다.

슬프고도 찬란한

봄이 끝났음을 알리는 비가 세차게 내렸고,
화려하게 피어 있던 꽃잎들은 공중에 흩날렸다.

내 머리 위를 아름답게 수놓았던 꽃잎이 떨어지자,
나뭇가지의 아픔은 보이지도 않을 정도에
가히 황홀한 풍경이 눈앞에 펼쳐졌다.

그 모습이 마치 우리의 마지막 날과 닮아 있었다.

그날, 너는 꽃잎이 되어 바람에 흩날리듯 나를 떠나갔었고,
나는 나뭇가지가 되어 상실감과 아픔에 빠진 채
비를 맞았었다.

그렇게 우리의 이야기가 끝이 났었다.
슬프고도 찬란하게 말이다.

추억이라는 단어 속에서

어쩌면 나는 아직 추억 속에 살고 있나 봅니다.
나와 당신이 우리라고 불리던 추억 말입니다.

잠시나마 당신의 일부가 되어 살아갔었던
삶을 잊지 못한 채, 아직 이렇게 살고 있나 봅니다.

당신이라는 사람의 존재만으로
어둡기만 한 나의 새벽에 찬란한 별빛이 모습을 드러내던,
휘어져 있는 달이 가장 밝게 빛을 내던 순간을
아직도 나는 잊지 못합니다.

따뜻한 마음을 가진 당신을 만났었기에
얼어 버린 채 잠들어 있던 나의 마음과
웅크린 채 숨어 있던 나의 감정들이
서서히 밖으로 나올 수 있었습니다.

실은 어쩌면, 그럴 수 있었던 것이 우리 관계에
독이 되었을지도 모르겠습니다.

숨겨져 있던 불안하고 안정되지 않은 나의 모습이
당신에게 보였었으니 말입니다.

하지만 후회하지는 않으려 합니다.

당신이란 사람이 불안정하던 나의 모습조차 안아 주고,
사랑해 주려 노력하였으니 그거면 되었습니다.

아마 당신이 없는 새벽이 더 이상 아프지 않으려면
조금 더 많은 시간이 필요할 것 같습니다.

그러니 아직은 헤어나지 못한 그 추억에 잠겨
이 새벽을 아프지 않게 걸어보려 합니다.

다만 시간이 흘러, 혹여나 추억 속이 아닌 공간에서 우리가 마주
치게 된다면 내가 좋아하던 그 미소를 다시 한번 보여 주었으면
합니다.

감히 부탁드리는 하나의 바램입니다.

커피를 마시지 않던 내가

너와의 마지막 만남에서 에스프레소를 마신 이유.

이다지도 쓴 걸 마셔야지만

네 마지막 모습을 조금이라도 더 오래 바라볼 핑계가

될 수 있을 것 같아서.

여실히 아파하고 있는 너에게

애써 감춘 모습 뒤에서 여실히 아파하며
눈물을 흘리고 있을 너에게.

괜찮은 척하지 않아도 돼.
충분히 아파해도 돼.

그러한 감정들이 전혀 이상한 게 아니라는 것을 꼭 알아주렴.

아마 네게 일어났던 모든 이별이 너의 잘못인 것만 같고,
그러기에 다시 사랑을 시작하려 해도 고민되는 지금일 거야.

하지만 그런 생각들은 접어 두어도 괜찮단다.

너에게 일어났었던 모든 일은 단연코 너의 탓이 아니며,
넌 앞으로도 충분히 잘 해낼 수 있는 아이니까.

네가 그동안 해 왔던 사랑은 결코 헛된 사랑이 아니란다.

사랑했던 순간만큼은 최선을 다했을 거고,
너는 그 안에서 분명히 행복한 감정을 느꼈을 테니 말이야.

그러니 너의 감정을 천연하게 안아 주며
비로소 온전하게 받아들일 수 있기를.

그렇게 할 수만 있다면
분명히 네 마음에는 따사로운 볕이 들어올 거고,
이다음 피워 낼 너의 꽃에 양분이 되어 줄 거란다.

아름다운 이별 따위는

오랜만에 마주한 너에게서 낯선 느낌을 받았다.
내가 알던 너와는 사뭇 다른 표정과 말투, 행동까지.

그럼에도 너는 여전히 아름다웠다.

내가 사랑하던 그 모습 그대로 내 앞에 앉은 채,
나와 눈을 맞추고 있었다.

하지만 이 만남을 마지막으로
끝내 너의 모습을 다시 볼 수는 없었다.

나에게로 하여금 네가 내게 남긴 말과 표정들은
우리가 멀어져야 함을 깨닫게 해 주었으니까.

이별을 말하는 순간조차 빛나던 너였기에
어두운 나와 함께할 수 없다는 사실이

마치 당연하다는 듯 느껴졌다.

하지만 날이 갈수록 애써 감춰 두었던 그 순간에 감정들이
나에게로 다가오는 중이다.

마음속에 남겨진 얼룩은 점점 더 진해져만 갔고,
나의 시선은 보이지 않을 정도로 멀어진 너를
어떻게든 찾으려 아등바등 애를 쓰고 있었다.

떠나가는 순간마저도 아름다운 너에게 빠져
미련하게도 잊고 있었다.

아름다운 이별 따위는 없다는 것을.

유일하게 네가 보고 싶지 않은 순간

나의 새벽 속 너는 여전히 밝은 미소를 띤 채
나에게로 달려와 내 품에 안긴다.

의심 없이 사랑을 말하고, 어여쁘게 남아 있다.

처음에는 더할 나위 없이 기뻤기에 매일 새벽만을
기다렸었다.

더 이상 볼 수 없던 너의 모습을 이렇게나마 마주하며
헤어짐의 아픔을 조금이나마 달랠 수 있었으니까.

하지만 시간이 갈수록 이 새벽이 너무나 아파지기 시작했다.

눈을 뜨면 또다시 네가 흔적도 없이 사라진다는 사실을
기어코 부정할 수 없었기에.

나의 감정들은 그 사실을 받아들일 수 없다는 듯,
정신없이 요동치며 나를 흔들었다.

그토록 좋아했던 우리의 모습이
이제는 눈을 감아야만 겨우 보이는
과거가 되었다는 게 얼마나 서글프던지.

나는 결국, 온종일 너를 그리다가도
다시금 찾아오는 새벽에는 네가 보이지 않기를 바라고 있다.

예전과 다름없이 항상 해맑게 웃으며
사랑을 속삭이고, 나를 안아 주었던 새벽의 너.

눈을 뜨는 순간 이런 너와의 이별을
또다시 겪어야 한다는 사실이 너무나 두려워서.

그대와의 이별을 견뎌 보려 합니다

서로를 향해 걸었던 발걸음을 돌려,
이제는 그대와 천천히 멀어지려 합니다.

참 많이 아플 것 같습니다.
내게 다가오는 그대를 더 이상 볼 수 없을 테니.

매우 그리울 것 같습니다.
앞으로 그대의 흔적이 지워지는 일만이 남았으니.

그러나 그다지 슬퍼하지는 않으려 합니다.

나의 시야에서 그대가 점점 멀어지는 와중에도
그대의 발자국은 아직 남아 있음을 알고 있으니.

한동안은 그 발자국을 보며 버텨 내려 합니다.

결국에는 그 발자국마저 사라지겠지만,

그럼에도 울지 않으려 노력하려고.

그러니 부디 너도 웃으며 멀어져 주기를.

네가 슬픈 표정을 짓는 순간,

나의 미련이 너를 놓지 못할 것 같아서.

결국 연해질 테니까

지금의 헤어짐이 너에게는 매우 아프고 쓰라리겠지.

추스를 수 없을 정도로 무너져 내린 것 같고,
쓸어 담을 수 없을 정도로 부서졌다고 생각할 거야.

너의 세상 전부였던 무언가가 사라지고 남은 여백은
채울 수 없을 정도로 넓게 느껴질 거고,
당연히 온종일 눈물에 젖어 살고 있겠지.

모든 어둠이 쏟아진 것 같은 마음에는
그 어떤 빛도 찾아올 수 없을 것만 같고,
두려움에 떨며 단단한 벽을 세워 놓은 채
그 무엇도 들이고 싶지 않을 수도 있어.

그래도 우리, 조금만 노력해 보자.

빨간색에 물을 섞으면 점점 장밋빛이 되듯이,
검은색에 물을 섞으면 언젠가는 투명해지듯이
너의 그 아픈 감정들도 연해지는 순간이 올 거야.

네 마음에 다른 사랑을 한 방울씩 떨어뜨리다 보면
어느샌가 넌 그 이별을 이겨 내 있을 거란다.

그러니 부디 이별의 아픔에 연연하지 않기를.

내가 아니어도 괜찮습니다

내가 우리의 행복을 간절히 원했던 만큼,
이제는 그대도 새로운 행복을 찾아 떠나기를.

그 연유가 나였으면 하는 아쉬움은 있겠지만,
그대만 행복하다면 내가 아닌 그 무엇이어도
더할 나위 없이 기뻐하며 견딜 수 있을 것 같습니다.

그러기에 당신이 제 곁에 머물러 주었던 그 시간을
회상하며 미소를 지은 채 그대를 보내드리려 합니다.

당신은 그 누구에게나 소중하고 선물 같은 사람이니
그대가 사랑받을 걱정은 고이 접어 두겠습니다.

다만 아직은 미련이 남았기에 조금 욕심을 내 보려 합니다.

큰 욕심일지 하는 걱정도 있지만,
먼발치에서나마 그대를 조금만 더 바라보려 합니다.

그렇게 천천히, 그리고 완전히 우리를 잊어 가겠습니다.

'안녕'으로 시작했기에 '안녕'으로 끝내 보려 합니다.

부디 가능하다면 내 삶이 다하기 전,
단 한 번이라도 당신의 모습을 볼 수 있는 날이
다시금 나에게 찾아오기를.

"안녕."

잘 살아가다가도

오늘도 여느 때와 다름없이 네 연락이 찾아오지 않는
아침을 맞이하곤 밖으로 나갈 준비를 마쳤어.

너의 응원이 없이 집을 나서는 것도
이제는 조금 익숙해진 것 같아.

끼니를 걱정해 주는 너의 연락 없이도
시간에 맞추어 밥을 챙겨 먹었고,
나의 하루를 위로하던 목소리가 없어도
새벽길을 잘 걸을 수 있게 됐어.

집에 들어와 침대에 누우면
의미 없는 사람들의 SNS만이 내 눈에 비치는 것도,
너의 전화 대신 흘러나오는 노래가 주는
이 쓸쓸함도 나름 버틸 만해졌어.

네가 나를 떠난 뒤에도 어김없이 흘러가는 시간 속에서
'이제는 조금 괜찮아졌나.'라는 생각이 들어.

남들도 요즘 나를 보면 표정이 밝아졌다고 하고,
내가 하고자 하는 일들도 나름 잘 풀려 가고 있거든.

근데 있잖아,
이렇게 살다가도 잠에 들기만 하면 꿈속에 나오는
너의 얼굴과 목소리가 또다시 그리워져.

꿈이라는 핑계로 온종일 묻혀 있던 감정들이
하나둘씩 고개를 내밀면 다시금 너와의 이별을
실감하게 되더라.

그래도 어쩌겠어.
하염없이 실감하는 이별을 뒤로한 채
변함없이 나를 재촉하는 하루를 시작해야지.

우리의 시계가 뒤로 흘러가지는 않을 테니까.

괜찮을 리가 없잖아

새벽이 조금씩 다가오자,
나의 시야에는 어김없이 너의 그림자가 드리워졌다.

너의 발걸음이 점점 다가오자,
겨우 잠잠해진 줄 알았던 감정들은 다시금 소란해졌다.

너의 부재를 그저 견뎌 보기로 한 것과
'언젠가 무뎌지겠지'라고 생각했던 것은
참 바보 같은 실수였다.

괜찮아질 거라는 나의 예상을 비웃기라도 하듯,
나의 새벽은 오늘도 여실히 아프기만 하다.

어떻게 잊을 수 있겠어.

나에게 행복이라는 단어를 선물해 준 너를.

그럼에도 잊어야겠지.

네가 웃을 수 없는 연유가 나이기에.

내가 웃는 연유가 너라서 보내지 못한다는 것은

너무 이기적이잖아.

늦은 이해

너와 함께하면 웃음보다 눈물이 나온다고,
더 이상 나의 우울을 받아 주기 힘들다고
영영 떠나간 너.

나를 더 이상 좋아하지 않기에,
내 곁에서 멀어지고 싶은 마음에
에둘러 내뱉는 핑계라고만 생각했어.

그런데 있잖아, 바보처럼 이제야 깨달아 버렸어.

함께 길을 걸어도 걱정만 하게 되는 부담감이,
내가 주지 못했던 긍정적인 감정에 대한 결핍이
우리가 함께할 수 없는 이유로 전혀 부족하지 않음을.

너무 늦어 버린 지금에서야 너의 말을 어렴풋이 이해하며
공감하는 내가 너무나 멍청하게 느껴지더라.

시간을 되돌릴 수만 있다면 너의 말을 핑계라고 생각하지
않겠지만 지금 와서 뭐 어쩌겠어.

이미 너는 내 곁을 떠나 버렸는데.

그래도 늦게나마 이 말을 전해 주고 싶어.

"나라는 사람을 만나 정말 고생 많았어."
"이제야 너를 이해해서 미안해."

우리의 헤어짐이 겨울이었으면

내가 싫어하던 계절이 또다시 코앞에 다가왔네요.
겨울 말이에요.

그대는 추위가 싫다며 투정을 부리던
나의 손을 따듯하게 잡아 주곤,
겨울이 있어야 봄이 존재할 수 있으니
함께 봄을 맞이하자고 이야기했었죠.

그런 그대가 없는 지금,
나는 우리의 헤어짐이 겨울이었으면 해요.

그래야 다시금 그대를 만날 수 있는
봄이 찾아올 테니까.

우리의 사랑이 눈꽃이 아닌 노란 민들레였으면 해요.

그래야 봄이 와도 사라지지 않고
예쁘게 피어날 수 있을 테니까.

만약에 말이에요,
나에게 기적처럼 꽃이 피어나는 봄이 찾아온다면 말이에요.

우리에게 또다시 겨울이 다가오지 못하도록
내 남은 온기를 한 아름 모아 둔 채 그대를 맞이할게요.

그러니 그대는 내게 돌아와만 주세요.

아직 많이 남아 있나 봅니다

이별 뒤에는 더 많이, 더 마음껏 사랑한 사람이
아프지 않다는 말을 들어 본 적 있습니다.

그런데 무언가 이상합니다.
나는 분명 최선을 다해 사랑을 나누어 주었는데
당신과의 이별이 너무나 아프고 쓰라립니다.

아무래도 역시 나의 사랑을 전부 전해 주지 못한 모양입니다.

그다지도 많이 내어드렸던 나의 사랑이
아직도 내 마음속 한가득 자리 잡은 채
그대를 기다리고 있는 거 보면 말입니다.

부디 당신도 나에게 줄 사랑이 아직 많이 남아
나와 같은 아픔을 겪고 있었으면 좋겠습니다.

만약 당신이 그 아픔을 겪고 있어,
언젠가 돌아올 수도 있지 않을까 하는 기대에
조금만 더 이 자리에 머물러 있으려 합니다.

하얀 구름이 푸른 하늘을 수놓은 여느 날,
노란 프리지어꽃 한 송이를 손에 쥔 채
순백의 마음을 품은 채로 말입니다.

나의 못다 준 마음을 뒤늦게라도 전해야만
당신과의 이별이 이다지도 아프지 않을 것 같습니다.

사랑이란 본래

사랑이란 본래
옅은 설렘으로 다가와
짙은 그리움으로 남겨지는 것.

은은하게 다가온 마음이
연연하게 떠나지 못하고 있는 것.

그대는 여전히 내 안에 짙게 남겨져 있고,
내 감정은 아직도 그대를 떠나보내지 못하고 있다.

사랑이란 본래 그렇다지만
내가 감당하기에는 너무도 어려운 주제였나 보다.

이별이란 본디

옅은 아픔으로 다가와

짙은 상처로 남겨지는 것.

미처 다하지 못한 이야기들은 가슴에 품은 채

그저 나지막이 인사만 내뱉는 것.

3장

홀로 무너지던 시간도

나는 아직 너무나도 작기만 한 사람이라서

（

돌부리만이 가득한 현실을 헤매며

아득바득 나의 존재 가치를 찾아보려 애썼지만

내가 사라지기만 하면 밝아질 것 같은 세상에서

나는 그 무엇도 찾을 수가 없었다.

나도 모르게 시작된 아픔

이 아픔이 언제부터 시작되었던 건지는 잘 모르겠다.

항상 사람을 잘 믿었던 나는
타인의 행복만을 위해 나의 모든 걸 아낌없이 건네주었었다.

그게 잘못이었던 것일까.

나는 다른 사람의 행복을 바라면서 살아왔건만,
정작 돌아오는 것 중 나의 행복은 존재하지 않았다.

그다지 거창한 것을 원한 것도 아니었다.
그저 나의 고통이 길어질 때,
나의 숨이 멎을 것 같은 그 순간만이라도
따듯한 말 한마디가 들려오기를 원했었다.

하지만 결국 내게 남은 것은
그 누구도 치료해 줄 수 없는,
그렇다고 스스로 가릴 수도 없는 큰 상처뿐이었다.

점점 나의 자존감은 바닥을 쳤고,
이 모든 게 나의 잘못으로 일어난 일인 것만 같았다.

그런 와중에도 미련한 나는
이 상처를 들키면 사람들이 떠나갈 것 같았기에
애써 숨기고 티 내지 않으려 노력했다.

이렇게 힘겹게 버티다 보면
그 누구라도 언젠가는 나의 편에 서 주지 않을까,
듣고 싶었던 말을 건네며
나의 상처를 안아주지 않을까 기대하며 말이다.

애석하게도 나는 여전히 그런 기대를 품은 채
언제 시작되었는지 모르는 이 아픔이
언제 끝났는지 모르게 지나가길 소원하며 살아가는 중이다.

가을에서 나를 본 순간

가을이 펼쳐진 거리를 걸었다.
그저 하염없이 걷고, 또 걸었다.

수많은 색을 가진 단풍은 나의 속을 모르는지
저마다의 아름다움만을 뽐내기 바빴으며,
넓게 펼쳐진 하늘은 마치 속이 좁은 나를 혼내듯
구름을 한 아름 끌어안고선 나의 머리 위를 덮었다.

혼자 걷고 있는 내 주위에서는
연인들이 손을 잡은 채 사진을 찍고 있었고,
가족들이 나무 밑에 돗자리를 깐 채
이야기를 나누며 웃고 있었다.

그래도 그 기분이 썩 나쁘지만은 않았기에
모든 게 나와 대비되는 거리를 천천히 걸으며
마음의 여유를 찾아보고자 했다.

그러다 문득, 가을바람 앞에 힘없이 떨어져
바닥을 스치고 있는 낙엽들을 보게 되었다.

사람들은 화려한 단풍만을 보려
바닥에 떨어져 있는 낙엽들을 무심히 밟고 있었다.

그 모습에 또다시 우울감이 내 몸을 감쌌다.

나의 상처들을 가리고 밝은 척할 때는
곁에 머문 채 같이 웃어 주던 사람들이,
나의 상처들을 보자마자 가차 없이 등을 돌렸던
그때의 기억이 떠올라서.

나는 결국 낙엽 하나만을 손에 쥔 채
처량함을 느끼며 쓸쓸히 집에 돌아왔다.

그냥, 그렇다고요

왠지 그런 날 있잖아요.

나의 마음에는 비가 세차게 쏟아지고 있는데
그날따라 유난히 햇살은 밝게 빛나는 날.

남들과 달리 나 혼자 제자리에
우두커니 멈춰 서 있는 거 같은 그런 날 말이에요.

공연한 무기력함이 우울의 문턱을 넘어
내게 다가오는 것을 외면하려고도 노력했었지만,
애써 시선을 돌린 곳에는
또 다른 아픔과 부담감만이 나를 기다리네요.

날이 갈수록 사람들의 기대는 늘어만 가는데
정작 나는 그 기대가 너무나 두렵고 힘들어요.

아니 그냥, 그렇다고요.

☾
나, 아직

드디어 아픔에 무뎌진 줄 알았는데
더 이상 나의 감정이 아픔을 버티지 못할 만큼
한없이 무너져 내린 거였어.

내 상처들이 어느 정도 나아지고 있는 줄 알았는데
이미 너무 많은 상처가 생겨 버려서
더 이상 다칠 곳이 남아 있지 않은 거였어.

'아프다.', '힘들다.'

이러한 단어들을
항상 마음속에 담고만 살아서 몰랐는데
여전히 누구에게든 좋으니 외치고 싶은 거였어.

나, 아직 많이 힘들더라.

☾
나는 무너지고 싶지 않았는데

내 주변에 있는 사람들은
넘어져 봐야 일어서는 방법을 알 수 있다며
끊임없이 나를 공격해 왔다.

그러다 결국 내가 무너져 내리자
나를 공격하던 사람들은 일어서는 방법은커녕,
자신들은 잘못이 없다는 듯 매몰차게 등을 돌렸다.

애석하게도 나는 그 자리에서 아파하며
무너진 감정들을 그대로 방치하는 중이다.

모든 아픔을 참고 겨우 일어서면

한 번 해 봤으니 두 번은 어렵지 않다며

또다시 나를 무너지게 만들겠지.

그 과정에서 내가 얼마나 많은 시행착오를 겪었을지는

당연히 안중에도 없을 거고.

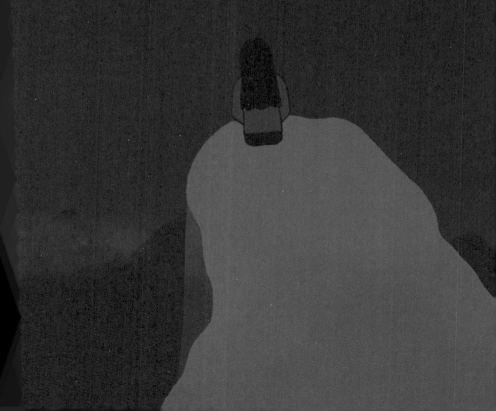

(

과거에 발목 잡힌 채 살아가는 나

나의 과거들은 커다란 화살이 되어 날아왔고,
피할 새도 없이 정확히 내 안에 명중했다.

화살에 맞은 감정들은 손 쓸 틈도 없이
산산조각 났고, 날카롭게 나를 찔렀다.

이렇게 아픈 과거들을 지워 보려 애쓰기도 했었다.

관련된 모든 인간관계를 정리하여 보기도,
예전의 나를 완전히 잊어 보려고도 노력했었다.

하지만 결국 불가능했다.

흔적들은 지우려 할수록 더욱 번져서
짙은 얼룩이 된 채 내 마음을 더럽혔고,
그때의 기억은 잊으려 할수록 더욱 선명해져

나의 숨통을 조여 왔다.

그럼에도 행복한 삶을 살고 싶었기에
한때는 미래를 그려 보려고도 하였다.

모든 게 안정된 채 살아가는,
나의 상처들이 하나둘씩 지워지는 그런 미래 말이다.

하지만 내게는 그 꿈마저 사치일 뿐이었다.
더 이상 희망을 그릴 용기조차 남아 있지 않았다.

이러니 어떻게 과거를 생각하지 않을 수 있을까.
그 과거 때문에 현재에 내가 이렇게 살고 있는데.

아직 나는 과거에 발목 잡힌 이 현실이 너무나 벅차다.

나는 너무나도 작은 사람이다

가끔 그럴 때가 있다.

행복해지고 싶어서 열심히 살아가는 이 순간이
전혀 의미 없다고 느껴질 때 말이다.

'행복하다.'
다른 사람들은 흔하게 내뱉은 이 단어가
나에게는 바라는 것조차 욕심으로 느껴진다.

"이 순간만 참으면 돼".
"네가 나중에 느낄 행복을 위해서 버터 내야지."

주변 사람들이 약속이라도 한 듯 내뱉는 저 말들은
나에게 와닿지도, 이해되지도 않았다.

당장 눈앞에 있는 현실도 못 버틸 만큼
나의 감정이 이다지도 힘들어하는데
도대체 나중을 어떻게 생각하라는 건지.

이런 생각을 반복하며 스스로 내 그릇의 크기를
자꾸 의심할 때마다 나는 작고도 보잘것없는
사람이란 생각이 도저히 지워지지 않는다.

그러기에 나는 오늘도 행복이라는 단어가 힘에 부치는
나날들을 의미 없이 살아가고 있다.

아무런 준비도 안 된 채 세상에 던져진 나는
아직 너무나도 작기만 한 사람이다.

(가면을 쓴 사람들

수많은 가면을 쓴 채로
나에게 다가오는 사람들을 바라보고 있자면
나도 모르게 속이 울렁거리며 피하고 싶었다.

그 사람들의 미소가 가면 뒤에 표정인지,
가면을 쓴 표정인지 알 수 없었기에
나는 거짓과 진실 사이 그 어딘가에서 헤매며
진심을 찾아보려 애썼다.

한때는 나도 웃으며 그 사람들에게 다가가고,
내 마음속으로 초대해 보기도 했었다.

하지만 그 결과는 이루 말할 수 없이 아팠던 것 같다.

사람들은 기다렸다는 듯 난입하여
가면을 벗어던진 채 칼을 들었었고,

그들의 미소는 차가운 표정으로 바뀌었었다.

이 모든 게 두려워진 내가 마음의 문을 닫으면
사람들은 나의 성격과 생각만을 탓했고,
나는 어느새 이상한 사람이 되어 모든 미움을
감당해야만 했다.

나는 사람이 너무나 싫어졌다.

내가 그들과 같은 존재라는 사실에
더없이 화가 났고, 스스로가 한심하기 그지없었다.

그래도 다시는 마음의 문을 열지 않으려 한다.

상처받은 채 미움도 받는 것보다는
상처받지 않은 채 미움만 받는 것이 더 나아서.

☾
그렇게 살아가려고

이제는 그냥 세상이라는 무대에서
금세 사라지는 단역으로 살아가려고.

존재감 없이 주인공의 뒤를 빛내 주기만 하고,
때로는 아무것도 하지 않아도 악역이 되는 그런 역할 말이야.

이 무대에 주연이 되려 아등바등 노력했었지만,
이제는 그 노력마저 포기하려 해.

항상 느낀 건데 내가 주연이었던 무대는
매번 비극적으로 끝나고, 관객들의 반응은
비난뿐인 공연인 것 같아서.

인생은 멀리서 보면 희극이고,

가까이서 보면 비극이라는데

왜 내 무대는 항상 새드엔딩일까.

나도 누군가에게 박수받는 무대를,

무대가 끝나도 화려하게 비추는 조명이

가득했으면 했는데.

땅에 어울리는 사람

세상을 너무 부정적으로 보지 않기 위해,
아름답게 바라보기 위해 긍정적인 사람이 되려 노력했었다.

조그마한 일에도 쉽게 무너지지 않기 위해서,
상처가 생겨도 티 내지 않고 살아가기 위해서
열심히 나를 다그치기도 했었다.

하지만 한순간에 무용지물이 되었다.

내가 쌓은 노력은 자그마한 충격에도 무너지기 바빴고,
아무리 애를 써도 내 감정은 나아질 생각을 하지 않았다.

겨우 생기려던 날개가 힘없이 꺾여
넓은 하늘을 평소와 같은 시선으로 올려다본 찰나에,
나는 땅에 있음에도 추락하고 있었다.

필연적으로 다가오는 날

애써 묻어왔던 나의 상처들과 이야기들.

더 이상 그 누구에게도 보여 주지 않고
들려주지 않을 것이라고 다짐하며
나 자신에게조차 온 힘을 다해서 숨겼다.

하지만 켜켜이 묻어온 부정적인 감정들이
어느새 다시금 다가오는 날에는,
온갖 부정적인 생각이 나의 마음을 헤집고
모든 감각이 불쾌하게 예민해진다.

그날의 나는 손 쓸 틈도 없이
또다시 감정에 구렁텅이 속으로 빠져들어 간다.

특히 그런 날은 괜찮아진 것 같던 순간에
필연적으로 찾아오고.

☾
왜 다 내 몫인 건지

정말 불공평하다고 생각했다.

어떠한 인간관계에서도, 어떠한 상황에서도
누구의 잘못인지는 상관없이
결과를 감당하는 건 오롯이 내 몫이었다.

누군가의 이야기를 들어주는 것도,
누군가의 어려움을 도와주는 것도
결국에는 도움이 되지 못한 나의 탓으로 되어 있었으며
사람들의 손가락은 항상 나를 향하기 일쑤였다.

그들은 나의 호의를 있는 그대로 받아들이지 않고
존재하지도 않는 목적만을 들쑤셨으며,
기어코 나는 이기적인 사람이 되어 있었다.

나의 배려는 가식이 되어 있었고,

칭찬은 거짓이 되었다.

위로는 동정이 되었고 도움은 비난이 되었다.

누군가가 심심풀이로 내뱉은 말은

어느새 나의 평가가 되어 있었고,

변명하지 않으니 그 평가는 진실이 되어 버렸다.

모두가 이러다 보니 정말 내 잘못인 것만 같았다.

모든 상황의 원인이 내 탓이 되어 버리고

그 결과를 감당하는 것마저도 나의 몫으로 남았다면

도대체 언제쯤 이 아픔이 나아질 수 있는 건지.

이제는 그냥 전부 포기하고 싶은 마음뿐이다.

하늘을 날고 싶었다

하루가 너무 고될 때는 시선을 위로 올렸었다.

넓게 펼쳐진 하늘에는
뭉개진 구름 사이에 밝은 빛이 보일 때도,
수많은 별이 반짝거릴 때도 있었다.

저 넓은 하늘을 날아 보고 싶었다.
그저 아무런 방해 없이 바람을 타며 자유롭게 말이다.

답답했었던 모든 건 남김없이 없어지고,
심란함만 가득했던 감정은 잠시나마
안정을 찾을 수 있지 않을까 싶어서.

나를 가로막고 있는 높고 무서운 세상을
드넓은 하늘 위에서 바라본다면
그 찰나에는 아무것도 아닌 것처럼 보일 것만 같았다.

눈을 감고 이러한 상상에 잠기다가
왠지 모를 자괴감에 눈을 뜨면
나는 다시금 땅에 있는 두 발을 느낀다.

아무리 뛰어오르려 해도 발목 잡는 이 세상이,
현실에서 벗어나 보려 해도 날 막는 상황들이
너무나도 밉고 싫기만 하다.

다음 생에는

다음 생에는 다른 존재로 태어나
나의 어깨를 토닥여 주고 싶다.

모르는 사람의 손길이라도 필요했음을 알기에.

다음 생에는 나의 주변에 머무르는 사람으로 태어나
내 곁에 항상 머무르며 나의 표정을 지켜봐 주고 싶다.

그 따뜻한 시선이 너무나도 그리웠음을 알기에.

다음 생에는 내가 아닌 너로 태어나
나를 있는 그대로 사랑해 주고 싶다.

그저 사랑이 필요한 작은 아이였음을 알기에.

그렇게라도, 다음 생에라도 내가 행복했으면 좋겠다.

그게 내가 아닐지라도.

도망치고 싶었다.

장소는 아무래도 상관없었다.

그저 숨을 쉴 수 있는 조그마한 틈이라도 주어지기를 원했었다.

하지만 이것조차 헛된 희망이겠지.

부디 다음 생에는 나로 태어나지 않기를.

너만은 믿었었는데

살기 싫은 순간이었다.

세상에게 살려달라고 비는 것도,
높은 곳에 올라가 하늘을 바라보며
누군가의 위로를 기다리는 것도 점점 지쳐 가던 순간이었다.

그런 나에게 너는 하늘이자 위로였고,
땅이자 버팀목이었으며 유일하게 희망을 품었던 존재였다.

아무리 숨을 들이쉬어도 진정되지 않는 찰나에
나는 필연적이자 본능적으로 너에게 호흡을 전달했다.

하지만 그 호흡이 너에게는
그저 시끄럽기만 한 소음이었나보다.

진정되지 않은 나의 숨소리가

마치 너를 귀찮게 하는 듯한 모양새였다.

너에게 잠시나마 기대했었다.

언제나 나에게 기대던 너였기에

나도 한 번쯤은 기대어 쉴 수 있으리라 생각했었다.

너를 믿고 있었다.

내가 모든 걸 포기할 때

너만큼은 나의 손을 잡아주며 절대 놓지 않을 줄 알았다.

하지만 나는 그날,

겨우 잡고 있던 나의 모든 희망을 놓았다.

피해 주지 말라는 너의 마지막 말을 듣는 순간

그다지도 날뛰던 나의 호흡은 이상하게 진정되었고,

그날의 하늘은 내가 보았던 마지막 하늘이 되었다.

나는 아직 많이 어려서

나는 그대들이 아는 어른스러운 사람이 아닙니다.
아직 어리고 성숙하지 못해서 여실히 아파합니다.

사실 그대들이 내게 보내는 시선과 기대는
감정이라는 저울 위에서 지금도 나의 마음을 짓누르고
있습니다.

그러나 그대들이 이 사실을 알게 된다면
나를 바라보는 시선이 바뀔 것 같아
너무나 두려운 나날들입니다.

사실 누군가는 알아주기를 바랐습니다.

아니,
그저 요즘 어떠냐는 질문 한마디만 들었어도
내 어린 마음은 보기 좋게 허물어질 수 있었을 것입니다.

하지만 역시 그조차도 너무나 큰 기대였나 봅니다.

그대들은 열심히 저울을 무겁게 하기 바쁘지,
없애 줄 생각은 하지 않는다는 걸 알아 버렸습니다.

그래도 괜찮습니다.

그대들이 항상 봐 왔던 모습처럼
저는 오늘도 미소를 띤 채 그대들을 맞이할 것이기에.

짓눌려 있는 마음을 억지로 피고 핀 채 버틸 것입니다.

다만 나의 마음 한편에 작은 희망 하나를
누구에게도 보이지 않을 만큼 희미하게 남겨 보려 합니다.

누군가가 발견해 주기를 간절히 바라면서
소중하게 지키며 살아갈 것입니다.

그 희망에 자그마하게 적어 놓겠습니다.

"나는 아직 어렵니다. 당신의 도움이 필요합니다."

라고.

말 한마디의 무게

사람들이 해 주는 긍정적인 말들을 들어도
나에게는 항상 무거운 족쇄가 채워지는 기분이었다.

나를 믿는다는 사실이,
좋게 바라봐 주는 누군가의 시선이
감당할 수 없는 무게로 돌아왔던 그 순간에
부담감과 책임감은 그 어떤 어둠보다 더욱 짙게 물들었다.

사람들의 기대와 믿음이 실망과 배신으로 변할 거라는 두려움
때문에 내일이 무서워졌지만
세상은 그런 나를 기다려 주지 않았었고,
내 안에는 해가 뜨지 않기를 바라는 마음만이 가득해져 갔다.

한때는 그 시선들이 마냥 좋아서
기대에 부응하기 위해 모든 걸 쏟아부었을 때도 있었다.

하지만 시간이 갈수록 실패만 늘어 갔고,
더 이상 내려갈 자존감마저 사라진 요즘이다.

지금의 나는 그들이 건네는 응원으로
스스로 능력을 의심하기 급급하고,
그럴수록 더욱 별거 없는 사람이 되어
발가벗은 채로 세상에 던져진 기분이 든다.

이런 나를 더욱 무너뜨리기라도 하려는 듯
지금도 말 한마디의 무게는 늘어만 가고,
감정의 수평은 더욱더 기울어져만 가고 있다.

똑같더라고

사실 나도 너와 똑같더라고.

공감을 나누어 주면서도 연민을 원하고,
온기를 나누어 주는 손끝에는 미련이 남아 있더라고.

너의 아픔을 안아주는 순간에도
눈물을 머금은 채 이를 꽉 물며 버티고 있었고,
겨우 너의 표정이 밝아지는 그 순간에도
내 마음속 등불은 서서히 꺼져 가고 있더라고.

있잖아, 그럴 때마다
너의 기쁨으로 얻을 수 있을 것 같았던
나의 희망은 또다시 후회로 되돌아오고,
너의 상처가 아물어 가는 걸 보아도
나의 상처는 아물지 않고 점점 더 아파지더라.

나는 이미 이겨 낸 줄 알았는데

우습게도 예전 모습이랑 달라진 게 없더라고.

이제는 멀어질 수 없는 불행과 우울이지만
그럼에도 여전히 익숙해지지 않는 감정들이다.

벗어나려 몸부림치자니
절대 피할 수 없다는 듯 더욱더 달라붙고,
그렇다고 가만히 있자니 내 안에 감정들이
시끄럽게 소란을 피운다.

나는 도대체 왜 이러는 건지.

조명 아래에 나는

큰 착각 속에 살고 있었다.

조명 아래 찬연하게 빛나던 나의 모습을
모두가 진심으로 사랑해 주는 줄 알았다.

그랬기에 조명의 찬란함이 마냥 좋았었고,
그 환경에 익숙해져만 갔었다.

조명을 받은 채 서 있는 나의 모습이
마냥 당연하게만 느껴졌다.

그러나 크게 망각하고 있었다.

나를 비추는 조명이 많으면 많을수록,
나의 그림자는 더욱더 짙어져 간다는 것을.

시간이 지날수록
본래의 나는 더욱 짙어진 그림자 속으로
천천히, 그리고 깊게 사라져 가고 있었다.

무대 위에서 사람들의 박수를 받던 나의 겉모습은
속이 비어 있는 껍데기일 뿐이라는 걸
애석하게도 너무나 늦게 알아차렸다.

그러니 인정할 수밖에 없었다.

모두가 내게 비추어 주던 조명은
단연코 나를 위한 것이 아니었음을.

그저 자신들의 기대와 여흥을 위해 준비되어 있던
허울뿐인 무대였다는 것을.

그토록 찬란했던 조명은 어두운 나를 덮기 위한
가벼운 속임수였음을 말이다.

이 모든 걸 깨달은 순간, 밝게 빛나던 조명 아래에는

그토록 찬연하게 빛나던 나의 겉모습 대신

어두운 그림자만이 외로이 남아 있었다.

남들이 꿈꾸는 미래가

남들이 살아가며 꿈꾸는 미래가
나에게는 너무 어려운 미래이기에.

나는 더 이상 행복을 바라는 것도,
찬란하게 빛나는 꿈을 꾸는 것도,
겨우내 버텨온 나날들의 보상도 바라지 않는다.

그걸 바라기에는 나의 앞을 가로막고 있는 어둠이
단연코 밝아질 수 없다는 것을 너무나 잘 알기에.

다만 어떤 이들의 소원일 수도,
어떤 이들의 꿈일 수도 있는 별들이
하늘 높이 떠오르는 시간에 나지막이 속삭여 보곤 한다.

저 별들 속 나의 별도 있었으면 한다고.

남들처럼 소원을 빌 수 있는 날이,

남들처럼 꿈꿀 수 있는 날이

나에게도 언젠가는 다가오기를 바란다고.

내일이 기대될 수는 없겠지만

적어도 불안한 감정을 이불 삼아 잠들고 싶지는 않다고.

평범을 바라는 것조차 내게는 욕심인 것을 알기에,

평범하게 사는 삶이 그 무엇보다 힘들다는 것을

너무나 잘 알고 있기에

오늘도 간절함을 담아 하늘에 빌어 본다.

이다지도 아프던 오늘보다

조금이나마 덜 고통스러운 내일이

나를 반갑게 맞이해 주기를.

☾ 차라리 울 수라도 있다면

기어코 눈물이 말라 버린 건지,
눈물을 흘릴 여유조차 없을 만큼 아픈 건지는 잘 모르겠다.

아니,
어쩌면 눈물을 흘리기 위한 감정이
더 이상 내게 남아 있지 않은 것일지도.

어렸을 때는 사람들 앞에서 눈물을 떨구는 게
그다지 힘든 일은 아니었다.

어린 마음에 타인의 위로를 받으며
안식처를 찾아다니기 바빴으니까.

조금 더 나이가 들어서는 집에 돌아와
혼자 숨죽여 눈물을 흘리기 시작했던 것 같다.

나의 눈물이 결국에는 나의 약점으로
되돌아온다는 것을 알게 되었기에.

그나마 창문을 통해 들어오는 한줄기 달빛이
나의 안식처가 되어 주었기에 스스로 눈물을 닦을 수 있었다.

그래도 그때까지는 나름 괜찮았던 것 같다.

아직 눈물을 흘릴 수 있기에 내 아픔을
조금이나마 씻어 낼 수 있었으니까.

적어도 나의 감정이 무뎌지지도, 망가지지도 않았다는 걸
느낄 수 있었으니까 말이다.

하지만 이제는 그것조차도 허락할 수 없다는 듯,
세상은 나에게서 한줄기 달빛마저 가차 없이 앗아 갔고,
더 이상 나의 안식처는 존재하지 않는다.

마지막 희망이었던 눈물조차도
이제는 불가능하다는 듯이 나올 생각을 하지 않았다.

어쩌면 그 많던 상처가 전부 흉터가 된 채 굳어 버려
나의 감정이 무뎌진 걸 수도 있을 것 같다.

그조차도 아니라면
잔뜩 겁을 먹은 감정들이 기어코 깊게 숨어 버린 것이겠지.

이제는 눈물을 흘릴 수도,
스스로 아픔을 위로해 줄 수도 없을 정도로
내가 많이 망가져 버린 것 같다.

미안해.
네가 꿈꾸던 너는
내가 아니었을 텐데.

영화나 소설처럼
행복한 나날들을
꿈꾸었을 텐데.

그러니 지금
그 순간에서라도
부디 마음껏
행복할 수 있기를.

어린 날에 나에게.

나를 대신해서라도

지금 내 옆에 머물러주는 너라도
더없이 밝게 빛날 수 있길.

나만이 이다지도 아파할 테니
너만은 부디 아프지 않길.

네 품에 안겨서 흘렸던 나의 눈물이
물줄기가 되어 전해지면
너의 얼굴에는 어여쁜 웃음꽃이 피어나길.

저 길 끝에 보이는 조그마한 불빛이 너에게 다가와
너의 앞을 찬연하게 비추어 길을 헤매지 말기를.

중간중간 널 방해하는 돌부리들은
이미 상처가 많은 내가 대신 치워줄 테니
편히 걸으며 나아갈 수 있기를.

이제는 더 이상 행복해질 수 없는 나를 대신하여
온 세상 행복이 너에게 다가가 말을 걸어 주기를 바랄게.

그러니 너는 온 힘을 다하여 나 대신 행복해 주라.

그래야 어둠이 집어삼킨 듯한 이 세상을
조금이나마 다른 시선으로 바라볼 수 있을 것 같아.

☾
같은 듯, 다른

달과 나의 공통점은 그 어떤 노력을 해도
홀로서는 절대 빛을 낼 수 없다는 것.

달과 나의 차이점은 태양이 빛을 나누어 주어
밤하늘을 밝힐 수 있는 달과는 다르게,
내 주위에는 자그마한 불빛 하나 나누어 줄
그 무엇도 존재하지 않다는 것.

때로는 별과 달이 서로 빛나게 해주는 존재가 되지만,
나는 감히 바라지도 못하는 모습이란 것.

그러기에 나를 위로한다고 생각했었던
칠흑 같은 어둠과 달이 휘어진 밤하늘이
이따금 나를 속상하게 만든다.

네가 그리운 날

따듯한 듯 어딘가 차가운 햇살이,
시원하지만 어딘가 답답한 새벽 공기가
내게 다가올 때면 어김없이 네가 떠올라.

웃으며 시답잖은 이야기를 나누던 시간도,
눈물 흘리며 내 아픔을 이야기하던 시간도,
나를 안아 주며 따뜻한 온기를 나누어 주던 네 품도
너무나 그리워져.

사실 네가 누구인지는 잘 모르겠어.

내게 그런 순간이 있었는지는 불확실하거든.
아마 간절히 원하던 내 소망이 그려 낸 허상일 수도.

그럼에도 누군지 모를 사람을 이토록 그리워한다는 건,
존재하지도 않았던 순간들을 회상한다는 건

그런 사람이 너무나 절실히 필요하다는 뜻이겠지.

그 누구라도 좋으니 내게 다가와 네가 되어 주었으면 좋겠다.

겨우내 피워 낸 꽃마저도

무엇도 존재하지 않아 그다지도 공허했던 마음에
은연중 싹이 튼 걸 보고 내심 기대했었다.

상상조차 하지 못하던 장면이었기에
비록 많은 준비가 되어 있지는 않았어도
최선을 다해 아끼며 보살폈었다.

그러나 그 싹이 꽃을 피우던 순간,
기대했던 마음은 실망으로 변했고
나는 자연스레 현실을 수긍하였다.

겨우내 피워 낸 꽃마저도 눈꽃이랴.

아직 내가 견뎌야 할 겨울이
한참 남았다는 사실을 인정할 수밖에 없었다.

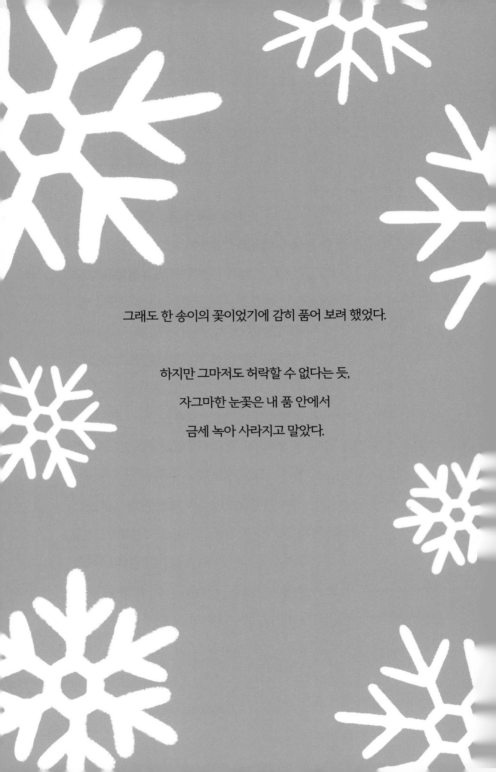

그래도 한 송이의 꽃이었기에 감히 품어 보려 했었다.

하지만 그마저도 허락할 수 없다는 듯,

자그마한 눈꽃은 내 품 안에서

금세 녹아 사라지고 말았다.

수채화 그림

초등학교 시절,
미술 시간에 수채화로 그림을 그린 적이 있다.

어떤 그림을 그렸는지 딱히 기억나지는 않는다.

내가 기억하는 건
형형색색 화려한 물감이 담긴 팔레트와
붓이 더러워졌을 때 헹굴 물통,
그림을 그릴 수 있는 새하얀 도화지 정도이다.

당시에는 아무 생각 없이
그저 내가 좋아하는 색의 물감을 붓에 바르곤
열심히 그림을 그리기 바빴다.

그러다 여러 색이 섞여 붓이 더러워지면
가벼운 마음으로 물통에 넣어 헹궜었다.

몇 년이 지난 지금, 나는 아무도 없는 방 안에서
당시의 기억을 곰곰이 되돌아봤다.

누가 시키지도 않았는데 말이다.

그때 당시의 추억은 자연스럽게 현재 상황과 대비되었다.

마치 붓은 나의 마음을,
물감은 나의 감정을,
도화지는 나의 미래를,
물통은 나의 무의식을 나타내는 듯했다.

요즘 나의 감정은
팔레트에서 이미 엉망으로 뒤섞인 지 한참이며,
나의 마음은 이곳저곳 얼룩지지 않은 곳이 없다.

당연히 나의 미래는
검은색으로 물들어 가고 있으며,
무의식은 심연처럼 어두워져 버려
더 이상 나의 마음을 씻겨 주지 못하고 있다.

문득 너무나 큰 이질감이 나의 몸을 감쌌다.

그저 웃으며 즐겼던 수채화 그림을,
전혀 무겁거나 슬프지 않았던 그때를 추억하기만 해도
또다시 상처받는 내 현실이 너무나 억울했다.

그러기에 더욱 확실하게 알 수 있었던 것 같다.

지금의 나는 더 이상 추억을 회상할 수도,
즐거움을 느낄 수도, 그때와 같은 미소를 지을 수도 없는
무기력한 사람이 되어 버렸다는 걸 말이다.

다섯 잎 클로버

다섯 잎 클로버의 꽃말은
"불행"

단순히 행복과 행운을 찾아보는 것마저
내게는 허락될 수 없는 일이었던 걸까.

한참을 헤매어도 결국 나의 손에 쥐어진 건
다섯 잎 클로버 한 송이뿐이다.

애쓰며 발버둥 치는 꼴이 우스웠는지,
그 흔한 세 잎 클로버마저 나를 외면해 버렸다.

참 이상한 일이야.

다가왔으면 하는 일들은 하나도 오지 않고

오지 않았으면 하는 일들만 내게 노크한다는 게.

참 웃기는 일이야.

그럼에도 불구하고 어떻게든 버텨 내면

기다렸다는 듯 더 큰 악몽이 나를 덮치는 게.

4장

언젠가는 결국 지나가겠지

그럼에도 나아가려 하는 모든 이에게

오늘 하루가 유난히도 어두웠다고
느껴졌겠지만 걱정하지 마.

내일 너의 하루가 밝아질 수 있게
아직 숨어 있는 해를 찾아
바삐 움직여 달라고 부탁해 볼게.

☀

이 길 끝에 다다르게 된다면

끝이 보이지 않아도
한 걸음, 한 걸음 오르는 거야.

혹여나 지쳐 넘어지거나 일어설 힘이 없더라도
너의 곁에 항상 내가 서 있을게.

그렇게 오르고 또 오르다가
끝이 보이지 않았던 계단의 끝에 다다르게 된다면,
잠시 숨을 고르고 먼 곳을 바라보자.

너의 시선이 닿는 곳에는
너를 위한 끝없는 황혼이 펼쳐질 거야.

아름답고도 찬란한, 눈이 부셔서 그 끝이 어디인지도
모를 황혼이 너를 반겨 줄 거야.

그걸 본 너의 얼굴에는 어느새
황혼보다 밝은 미소가 가득할 거고,
나는 여전히 너의 손을 잡고 있을 거야.

그러니 우리, 한 가지만 약속하자.

만약 또다시 너의 앞에 계단이 나타난다고 해도,
이 말을 떠올리며 한 걸음씩 올라가 보자.

너의 눈 앞에 펼쳐진 황혼 속 태양은 언젠가 저물겠지만,
너의 삶은 계속 떠오를 거라는 걸 잊지 말고 기억해 줘.

분명 잘 해낼 수 있을 거야.
너는 네가 생각하는 것보다 더욱 대단한 존재거든.

나의 온기를 나누어 줄게

차디찬 바람을 견디며 겨우내 웅크려 있던 꽃들이
봄이 오면 그 모습을 만개하듯이.

번데기 속 잠자고 있던 나비 한 마리가
기어코 아름다운 날갯짓을 세상에 선보이듯이.

지금 네가 겪고 있는 이 시간이 지나간다면
너는 그 누구보다 아름다운 사람이 되어 있을 거야.

그러니 이 겨울이 너무나 아파도,
차디찬 바람이 너를 흔들고 얼리려 해도,
너라는 사람이 아직 웅크려 있다고 해도
걱정하지 마.

나의 온기를 나누어 주어
얼어 있던 너의 마음을 따뜻하게 녹여 줄게.

행복에게 다가가려 한다

어두운 밤하늘 사이로 내리는 비를 맞으며
우산 없이 서 있는 지금.

나는 한 걸음 더 내디뎌 보기로 결심해 본다.

희망이란 우산을 펼친 채 한 걸음씩 나아가다 보면
어두운 하늘에 비가 내리는 오늘은 지나가고
밝은 해가 나를 비추는 내일이 기다리겠지.

그러기에 무언가가 나의 앞을 가로막는다 해도
또다시 계속해서 나아가려 한다.

그렇게 열심히 행복에게 다가가서
그 품 안에 안겨 보려 한다.

☀️

어지러운 세상을 살아가기 위한 방법

어지러운 세상을 살아가다 보면
삶에 의미를 찾는 것이 내게는 너무나도 어려운 일이다.

누군가는 돈이, 누군가는 행복이,
누군가는 사람이 삶의 의미인 것 같다고 말하지만
정작 중요한 무언가를 놓치고 있는 것 같다는 생각이 들었다.

그것들을 얻기 위해 살아가기는
차가운 세상에서 버텨 낼 수 없을 것 같았기에.

나에게 있어서 세상이라는 존재는
어떻게든 우리의 미래를 방해하려 하는 존재이기 때문이다.

그러기에 나는
앞으로 살아간다는 것에 의미를 두기보다
아직 살아 있다는 것에 의미를 두기로 했다.

과거보다 미래에,
미래보다 현실에 초점을 맞추고 살아가려 한다.

먼저 제자리를 정확히 봐야지만
나아갈 곳을 정할 수 있듯이 말이다.

이것 또한 정답은 아니겠지만
이토록 어지러운 세상을 살아가기 위한
방법이지 않을까 싶다.

조급해하지 말자

봄꽃이 땅속에서 쉬고 있는 거리를 거닐다 보면
그 모습은 보이지 않아도 향기만은 남아 있듯이.

겨우내 땅속 깊이 본연의 자신을 심어 두었다가
봄이 다가오면 언제 그랬냐는 듯 아름답게 피어나듯이.

어여쁜 사람아, 부디 당신이 조급해하지 않았으면.

잠시 쉬어 간다 해도 너의 향기는
여전히 이 세상에 남아 있을 테고,
네가 피어나기만 바라고 있는 행복 또한
아직 한가득 널 기다리고 있기에.

참 어여쁜 아이야.

이토록 오랜 기간 버텨 내 오고.

참 대단한 아이야.

그리도 힘든 시간을 견뎌 내 오고.

이러니 어떤 이들이 너의 행복을

바라지 않을 수 없을까.

그럼에도 나아가려 하는 이에게

또다시 내일을 살아갈 너에게
거창한 소망 같은 건 딱히 없지 않을까 싶어.

그저 오늘보다 조금 더 나은 내일이 찾아와 준다면
그것만으로도 다행인 요즘일 테니까.

힘겹게 하루를 버텨 냈지만, 누구에게도
오늘 하루에 대한 보상과 위로를 받지 못했겠지.

스스로 짓누르는 감정으로부터
탈출하기 위하여 몸부림치고 있을 거고 말이야.

그러기에 진심 어린 나의 작은 마음이라도
전해 주고 싶은 지금이야.

"오늘도 너라는 빛은 이 세상을 빛내고 있어."

온전한 나의 진심을 이 문장 안에 그득히 담아
또다시 내일을 살아갈 너에게 전하고 싶어.

부디 나의 진심이 전해져서
오늘보다 더 나은 내일이 너에게 다가오기를
진심으로 바랄게.

지친 하루

너의 오늘은 남들에겐 그저 그런 하루였을 수도,
어쩌면 흔하디흔한 날이었을 수도 있겠지.

아마 남들의 시선 속 오늘의 너 또한 평범했을 거야.

애써 짓는 미소와 밝은 행동에 가린
네 본연의 모습을 사람들은 보지 못했을 테니까.

하지만 네게는 너무나 지친 하루였다는 것을 알기에.

누구보다 고된 하루를 버티고 참으면서
겨우 이겨 냈다는 것을 알기에.

"오늘 하루도 진심으로 고생 많았어."
"네 방 안에 들어오던 그 순간까지도
잘 이겨 내 줘서 고마워."

그렇다는 것

실패한다는 건 성공할 수 있다는 것.

좌절한다는 건 일어설 수 있다는 것.

불행하다는 건 행복할 수 있다는 것.

슬프다는 건 웃을 수 있다는 것.

모든 인과 관계가 그러듯이 그랬기에 그럴 수 있다는 것.

이 모든 게 온전히 너라서 가능하다는 것을 잊지 말길.

☀ 멋진 결과가 당신을 기다릴 테니

어느 날, 오랜만에 등산을 다녀왔습니다.

아침 일찍 일어나 옷을 갈아입고 올라간 산에는
쌀쌀해진 날씨에도 불구하고 많은 사람이
정상을 향해 나아가고 있었습니다.

마주 오는 사람들과 가볍게 인사를 나누며
올라가던 도중, 문득 예전에는 보이지 않던 길 하나가
나의 시야에 들어왔습니다.

이정표도, 오가는 사람도 없으며 정돈조차 되지 않았었지만
무엇인지 모를 끌림이 나를 그 길로 인도하였습니다.

그 길을 오르며 돌부리에 걸려 넘어질 때도 있었고,
나무와 풀에 긁혀 상처가 생기기도 했습니다.

하지만 정상에 도착한 순간,
올라오면서 겪었던 어려움은 모두 잊게 만드는
황홀한 광경이 나를 반기고 있었습니다.

그 광경을 나의 두 눈과 마음에 담은 뒤,
집으로 돌아와 많은 생각에 잠기기 시작했습니다.

어쩌면 지금 내가 걷고 있는 힘든 삶 끝에도
멋진 무언가가 나를 기다리고 있을 수 있겠다는
생각 말입니다.

그러니 당신도 부디 힘든 길을 걷고 있는 지금을
포기하지 말고 나아가기를 바랍니다.

이 길은 무척 힘들고 고되겠지만
분명 그만큼 멋진 결과가 당신을 기다리고 있을 테니까요.

☀

너의 감정과 마주한다면

부디 너의 감정과 마주하는 것을
두려워하지 말기를.

겨울을 마주쳐야만 봄이 올 수 있듯이,
비가 온 다음에야 형형색색 무지개가 피어나듯이
외면하고만 싶었던 감정을 마주한다면
네가 그토록 소망했던 행복이 다가올 거야.

지금 네 안의 존재하는 부정적인 감정들은
분명 너의 잘못이 아니니 천연하게 받아들이렴.

그럴 수만 있다면
앞으로 그 어떤 상처가 네게 남겨져도
기어코 그 상처들을 극복해 낼 수 있을 테니까.

자책하지 않아도 돼.

누군가는 시도도 하지 못했을 무언가를

이다지도 잘 해낸 너니까.

혹시나 힘에 부친다면 잠시 쉬어 가도 돼.

너라면 반드시 털고 일어날 수 있을 테니.

너는 이미 대단한 아이야.

지금의 너는 이미 대단한 사람이다

잊지 마.

이렇게 날카로운 것들만 가득한 세상 속에서도
분명 너에게는 모나지 않은 행복들이
찾아올 거라는 사실을.

오늘도, 내일도 열심히 달리기만 했을 테니
한 번쯤은 잠시 숨을 골라도 괜찮다는 것을.

부담과 사람들의 기대 따위 아무래도 좋으니
잠시 던져 놓아도 된다는 것을.

그러니 너무 조급해하지 않아도 돼.
충분히 잘하고 있는 너니까.

천천히 본연의 모습으로 어여쁘게 피어나기만 하면 돼.

지금의 너는 이미 대단한 사람이야.

☀

아직 그렇다는 것을 아니까

애써 지은 미소가 슬퍼 보인다는 건
아직 많이 힘들어하고 있다는 뜻이겠지.

누군가를 믿지 못한다는 건
아직 상처가 완전히 아물지 않았다는 뜻이겠지.

그러니 구태여 나의 앞에서까지 미소 짓지 않아도 괜찮아요.
당신의 감정을 쏟아 내며 마음껏 아파하세요.

그러다 정말 괜찮아졌다는 생각이 들면
그때 천천히 움직여요.

그전까지는 옆에 내가 있어 줄게요.

아직 많이 아프고 상처가 많아 보이는
그대에게 하는 말이에요.

봄이 오지 않아도 괜찮아요

날이 아무리 추워도
당신의 마음은 항상 따듯하길 바랄게요.

혹여나 그러지 못한다 해도 부디 무너지지 말길.

겨울이 길어져 봄이 찾아오지 않는다면
그대는 봄을 만나러 갈 수 있는 사람이니까.

꽃은 봄이 와 주어야 피어날 수 있지만
당신이란 꽃만큼은 봄을 부를 수 있는 존재니까.

당신은 그러한 사람이니
스스로 너무 과소평가하지 말기로 해요.

너에게 봄이 불어오기 시작할 거야

눈앞에 불어온 두려움과
곧이어 닥쳐올 절망적인 상황들이
과연 끝나긴 할지 걱정되는 순간이 있을 거야.

아무리 애써봐도 제자리인 것 같고,
주변을 둘러봐도 나 혼자뿐인 것 같은 순간 말이야.

그럴 때는 잠시 멈춘 다음 시선을 내려 봐.
너의 앞에 작게나마 피어난 꽃이 보일 거야.

혹여나 피어있지 않더라도 걱정하지 말아.
얼마 지나지 않아 반드시 싹이 틀 거라고 확신해.

이들은 모두 너에게 조금씩 봄이 오고 있다는
증거가 되어 줄 거야.

인간관계에 관한 조언

우리는 살아가는 동안에
좋지 않은 인간관계가 맺어지기도 하며,
그 관계 안에서 여러 가지 감정이 피어나기도 합니다.

끊어 내야 하는 인간관계임을 알고서도
쉽게 끊어 내지 못할 때가 있을 거고,
그로 인해 찾아오는 부정적인 감정들은
아마 당신을 점점 집어삼키고 있을 것입니다.

하지만 부디 이와 같은 요소들이
당신 인생에 전부가 되지 않았으면 합니다.

그대는 더욱 빛이 날 수 있는 존재이며
앞으로 더욱 아름답게 피어날 존재이기에.

이런 상처 따위는 받지 않아도 되는 사람이며,
가지고 있는 감정들을 존중받아야 할 사람이기 때문입니다.

그러니 '포기해야 하나?'라는 생각이 들 때
단호하게 포기할 수 있는 사람이 되기를 바랍니다.

용기를 내어 포기해 본다면
한번도 경험해 보지 못한 아름답고 행복한 요소들이
그대의 삶을 빛내 줄 것입니다.

☀

흘러가는 것은

아무런 이유 없이 흘러가는 부정적인 것들에게
부디 미련을 갖지 않았으면 합니다.

당신이 흘러가는 절망을 억지로 잡은 채
홀로 아파하고 있을까 봐 걱정이 가득한 새벽입니다.

아무런 위험 없이 그저 편한 옷을 입고, 편한 곳에 누워
당신의 마음도 평안해졌으면 좋겠습니다.

제가 그걸 바라는 이유는 딱히 없습니다.

그저 당신이 이 시간만이라도
아프지 않았으면 좋겠습니다.

모든 하루를 마치고 집에 돌아온 네가
맛있는 밥을 먹고 따뜻한 물로 샤워를 한 뒤
편안하게 누워 소소한 행복을 즐겼으면 해.

힘들 때마다 찾아 듣던 노래가
오늘만은 너의 방을 채우지 않았으면 해.

그냥, 너라서 꼭 그랬으면 해.

※

평소와 다름없이 딱딱한 길을 걷다가
문득 하늘을 올려다보았습니다.

당연할 수도 있겠지만 새파란 배경에
장식 같은 구름이 천천히 흘러가고 있었습니다.

항상 같은 모습을 하고 있었을 텐데
너무나 오랫동안 올려다보지 않았나 봅니다.

오랜만에 올려다본 하늘은
마치 왜 이제야 자신을 바라보냐고 성을 내듯,
이토록 아름답고도 황홀할 수 없었습니다.

어지럽던 세상을 힘겹게 살아가느라
그동안은 느낄 수 없었던 여유와 편안함이
나의 감정을 포근하게 감싸 안아 주었습니다.

이제 하루에 한 번은 하늘을 올려다보려 합니다.

모두가 땅만 내려다보고 있을 때
하늘을 보며 웃어 보일 수 있는 사람이 되어 보려 합니다.

그렇게라도 이 정신없는 세상 속
하늘이 주는 여유와 편안함을
조금이나마 느끼며 살아가고 싶습니다.

당신이 아름답지 않은 것이 아니니까

당신이 아름답지 않은 것이 아닌,
당신의 아름다움을 사람들이 알아보지 못한 거니까.

분명히 언젠가는 사람들이
당신의 아름다움을 알아보며 소중하게 아껴 줄 거예요.

혹여나 이 세상 사람들 모두가 당신의 아름다움을
알아보지 못한다 해도 너무 속상해하지 않았으면 해요.

적어도 난 당신이 아름답다는 사실을
그 누구보다 잘 알고 있으니까요.

☀

그래 보려 합니다

내가 넘어진다면
누군가는 일어서는 방법을 알려 주려 할지도 모릅니다.

그러나 넘어지는 순간이 너무나 아플 것 같아서
넘어지지 않는 방법을 찾아보려 합니다.

나의 눈에서 눈물이 흐른다면
누군가는 그 눈물을 닦아 주려 할지도 모릅니다.

그러나 그 눈물이 흐르기 무섭게 다가올
감정의 소용돌이가 너무나 두려워서
울지 않겠다고 다짐하려 합니다.

물론 어렵다는 것을 알고 있습니다.

하지만 저는, 그래 보려 합니다.

☀

나를 찾아와 줘

너의 마음이 다시금 소란스러워질 때는
언제든 나를 찾아와서 기대어 줘.

그럼 나는 조용히 너를 쓰다듬으며
때로는 귀에 익은 멜로디와 노랫말로,
때로는 내가 낼 수 있는 가장 좋은 목소리로
듣기 좋은 백색 소음이 되어 줄게.

그러다가 너의 마음이 다시금 젖어 갈 때면
나의 품에 안겨서 울어 줘.

그럼 나는 너를 안아 주며
때로는 나의 옷들과 손으로,
때로는 작은 토닥임으로 너의 눈물을 닦아 줄게.

이 모든 게 지나가고

너의 마음이 조금씩 잔잔해져 가면

나의 곁에서 편안히 쉬었다가 가줘.

눈물이 마르고 너의 얼굴이 밝아질 때만을 같이 기다려 줄게.

느려도 괜찮아.

너에게만은 나의 시간이 제한되어 있지 않으니까.

그러니 천천히 네가 원하는 네가 되어 줘.

☀

너의 따듯한 마음이 다른 이들에게 모두 전해져
추운 바람이 기어이 너에게 불어온다면,
이 세상 온기를 모두 모아 너에게 전해 주겠노라고.

다른 이들의 아픔을 들어주느라
너의 마음속 상처가 쌓이게 된다면,
나의 모든 힘을 다해서라도 너의 상처를 다정하게 안아 주며
따듯하게 보듬어 주겠노라고.

스스로 챙기지 못했던 너의 마음을 온전히 내가 안아 줄게.
그러니 부디 너의 감정이 항상 안녕하기를.

감정의 용량은 정해져 있기에

누군가에게 너의 온기를 나누어 준다면

그 뒤에 따라오는 공허함은 이루어 말할 수 없을 거야.

그러니 너도 가끔은 기대기를.

남들에게 행복을 주는 만큼

네게 더 큰 행복이 다가왔으면.

☀ 빛이 되어 줄게

그 어떤 어둠이 너의 앞을 가로막아도,
그 어떤 파도가 너의 마음속 작은 불씨를
집어삼키려 해도 걱정하지 마.

내가 너만의 빛이 되어 지켜 줄게.

너와 내가 함께 있는 그 순간만큼은
그 어떤 어둠도 우리의 앞을 막지 못할 거야.

그런 다음 나와 같이 걸어가 보자.

분명 밝은 희망이 마중 나와 있을 거고,
어김없이 밝은 행복이 네 품에 안길 테니까.

☀ 새로운 발걸음

다시 한번 시작해 보는 거예요.

그 시작점이 어디여도 상관없어요.
그대는 그저 한 걸음 내디딜 준비만 하면 돼요.

지금 느끼고 있을 후회라는 감정은
그대가 나아갈 미래를 기대하고 있다는 뜻이니까.

쓸모없는 무의미한 감정이 아닌,
더욱 힘찬 발걸음을 위한 감정이라는 걸 알았으면 해요.

당신은 분명 더욱 잘해 낼 수 있을 거예요.

내가 봐 온 당신은 그럴 수 있다는 확신이
가득한 사람이니까.

☀

아프지 않았으면

내가 바라는 건 그다지 크지 않습니다.
그저 당신이 아프지 않았으면 좋겠습니다.

지금 지쳐 있는 당신의 모습이 안쓰럽기도,
한편으로는 대견하기도 한 요즘입니다.

시간이 흐르면 분명 행복해질 당신이기에
지금의 상처가 흉이 되어 남지 않았으면 합니다.

설령 지금, 자신의 모습이 초라해 보여도
너무 마음에 담아 두지 않았으면 합니다.

아름답기에 피어나는 것이 아닌
피어나기에 아름다운 것처럼
곧 피어날 그대가 어찌 아름답지 않겠습니까.

그런 사람이 되기를

누군가에게 두려워하지 않고
온전히 나의 뜻을 전달할 수 있는 사람이었으면.

아닌 관계는 미련 없이 끊어 낼 수 있는 그런 사람이었으면.

스스로 긍정적인 영향을 줄 수 있고,
그러기에 항상 웃을 수 있는 사람이었으면.

세상 부럽지 않은 행복은 아니더라도
소소한 행복이 나의 마음을 따스하게 감싸 안아 주고,
울음이 나오는 날에는 굳이 참지 않고
흘려보낼 수 있는 사람이었으면.

나 자신을 부끄러워하지 않고,
내 본연의 모습을 당당하게 보여 줄 수 있는
그런 사람이었으면 좋겠다.

☀

너는 어여쁜 튤립일 거야

지금의 너는 스스로 불행의 씨앗이라 칭할 수도,
땅속에 잠자코 있는 의미 없는 존재라고 생각할 수도 있어.

너의 존재는 세상을 어둡게 만드는 것만 같고,
네가 처해있는 상황은 항상 위태롭다고 생각하겠지.

하려던 모든 일은 성공하지 못할 것이라는 불신과,
그럼에도 불구하고 성공하고 싶은 모순적인 마음들이
한곳에 뒤섞여 어지러울 거야.

항상 남들과 비교하여 생긴 자괴감과 불신의 감정은
계속해서 너를 잡아먹겠지.

하지만 그거 알아?
땅속에 묻혀 있는 씨앗들은
그 싹이 나올 때까지 아무도 정체를 알 수 없다는 것을.

걱정하지 마, 너는 분명 어여쁜 튤립일 거야.

행복이라는 꽃말을 가졌기에
너를 보는 사람과 너 스스로에게도 행복을 선물하는 튤립.

그러니 지금은 흔들려도 돼.
원래 흔들리며 자란 꽃이 더욱 단단하다잖아.

너라면 분명 사계절 상관없이 언제 어디서든 빛날 것이란다.

☀

너에게 봄을 안겨 줄게

아무리 험한 길일지라도 앞장서서 씨를 흩뿌려
꽃이 피어날 수 있게 하려 해.

나의 뒤에 있는 네가 봄 길을 걸을 수 있도록.

나와 같이, 혹은 나의 뒤에서 걷고 있는 너에게
아름답고도 향긋한 봄 내음이 나는 길을
만들어 주고 싶어.

그러니 부디 포기하지도,
멈춰 서지도 말고 나와 같이 걸어가 줘.

나와 같이 지치지 않고 이 길을 계속 나아간다면
나는 너에게 봄을 선물해 줄게.

봄이야.

네가 그토록 기다려 오던 계절 말이야.

눈을 감고 잘 느껴 봐.

봄바람이 너를 위로해 주는 느낌을,

이제는 너를 따스하게 안아 주겠다고

말하는 봄의 목소리를 말이야.

충분히, 그리고 마음껏 즐겨도 돼.

너라는 아이만을 위한 계절이니까.

☀ 너의 사계절 모두 찬란하기를

봄에는 나비들이 찬연한 모든 순간을 품은 채
너에게 날아가 주기를.

여름에는 모두를 따사롭게 비추어 주는 해처럼
너의 모든 순간이 밝게 빛나기를.

가을에는 화려하게 세상을 수놓는 단풍처럼
언제나 아름다운 너라는 사실을 알아주기를.

겨울에는 흩날리는 눈꽃 속,
행복이라는 단어가 너의 두 눈에 가득 담기기를.

이처럼 사계절 내내
너에게 찬란한 순간만이 가득하기를 바랄게.

이제는 안 그래도 돼

네 안에 있는 감정들을 들키는 게 두렵겠지만
애써 숨길 필요는 없어.

그래,
너의 속마음을 누군가에게 이야기해 본 적도 드물었을 거고,
용기 내어 속마음을 꺼내 봐도 사람들은 모두 약점으로
이용하기 바빴을 테지.

내가 겪는 건 남들과 비교했을 때 아무것도 아닐 거라고
너의 감정을 애써 부정하며 혼자 감당하고 있었을 거야.

근데 있잖아, 그렇게 생각하지 않아도 돼.

내가 느끼기에 가벼운 것이 네게는 세상에서 가장
무거운 일일 수도, 그 반대가 될 수도 있거든.

물론 완벽하게 해결될 수는 없겠지만

사실 너, 해결되지 않아도 괜찮으니

어딘가에 기대고 싶은 거잖아.

말없이 안아 주는 누군가에게 안겨서

세상 서럽게 울어 보기도 하고,

타인이 나누어 주는 온기가 받고 싶잖아.

그러니 한번에는 어렵겠지만

지금부터라도 조금씩 풀면서 살아.

여태까지 네가 살아온 나날들은

많은 이가 안아 주고 싶을 만큼 잘 살아왔으니까.

더 이상 혼자서 버티지도,

너의 부정적인 감정들을 애써 묻어 놓지도 말자.

이제는 안 그래도 돼.

☀ 이름 모를 사람이지만

이 글을 읽는 당신의
이름도, 성별도, 나이도, 그 무엇 하나 알지 못합니다.

하지만 무엇인지 모를 감정에 이끌려 온
사람일 거라 감히 예상하여 봅니다.

먼저, 미리 용서를 구합니다.

그대의 아픔을 감히 공감해 보려 하는 이 마음이,
그대의 슬픔을 감히 닦아 주려 하는 이 손짓이,
그대의 짐을 조금이나마 덜어 주려는 이 노력이
건방져 보일 수도 있으니 말입니다.

그래도 해 보려 합니다.
분명 누군가에게 소중한 존재인,
누군가에게는 닮고 싶은 사람인 당신이니 말입니다.

그 어떠한 시적 단어도, 멋있는 문장도
이 글을 읽고 있는 당신에게는 와닿지 않을 것 같기에
그저 마음 가는 대로 이야기해 보려 합니다.

지금까지 살아와 줘서 고맙습니다.
이토록 긴 시간 동안 견뎌 내 주어 감사합니다.

이런 그대가 아프지 않길 바랍니다.

몸도, 마음도 온전하게 존재하며
당신의 무거운 짐이 언젠가 덜어지기를 바랍니다.

이미 잘해 왔으며, 지금도 잘하고 있고,
앞으로도 분명히 잘 해낼 당신의 모습을
어디에선가 반드시 지켜보며 항상 응원하겠습니다.

노력하는 당신의 모습을 기억하기 위해,
끝끝내 목표에 다다른 당신을 축하하기 위해 말입니다.

그러다가 언젠가 당신과 내가 마주친다면,
웃는 얼굴로 서로의 안녕을 물어볼 수 있는 기회가
오기를 기다리고 있겠습니다.

그러니 이름 모를 그대여,
앞으로 그 어떤 어려움이 닥쳐온다 해도
부디 이 글을 잊지 말기를.

☀

너는 웃는 모습이 가장 예쁜 아이야

언제인가 네가 내게 물었지.
어떠한 연유로 이다지도 나를 아껴 주냐고.

항상 울기만 하는 나를,
웃음이라고는 찾아볼 수 없는 나를
왜 항상 미소 짓게 하려 노력하느냐고.

글쎄, 딱히 특별한 이유는 없어.
네가 웃는 모습이 마냥 좋거든.

언젠가 네가 나로 인하여 웃음을 되찾는다면
더할 나위 없이 마냥 기쁠 것 같아서 그래.

언제라도 이에 대한 이유를 다시 묻는다면
나의 대답은 항상 똑같을 거야.

너는 웃는 모습이 가장 어여쁜 아이라고.

참 웃는 게 예쁜 아이야.

그렇지?

너 말이야.

세상 밝은 미소를 지을 수 있는,

남들마저 행복하게 해 줄 수 있는 아이.

그러니 부디 이제는 그 미소를 숨기지 말고

마음껏 보여 주기를.

☀ 참 고생 많았어

참 고생 많았어.

지나온 나날들과 지나갈 나날들 모두
부단히 애썼고, 앞으로도 애쓸 너에게
고스란히 해 주고 싶은 말이야.

여실히 아팠던 시간이 지난 후에는
분명 조금 더 성숙해진 미래의 네가
고생했다며 너를 토닥여 줄 거야.

혹여나 이따금 찾아오는 감정의 파도가
너의 마음을 또다시 덮친다면,
너에게 찾아올 잔잔함을 그리면서
성난 파도를 천천히 재워 보자.

돌을 던져도 차분하게 일렁이는 호수처럼 유연하게,
바람이 불어와도 움직이지 않는 바위처럼 단단하게
살아가는 거야.

누군가에게 있어 너는
최고의 행운이자 그 사람의 희망인 아이기에.

이제는 빛나는 행복만이 가득할 너의 삶을
스스로 사랑할 수 있기를.

◆ 에필로그

이 책의 끝에서는
당신의 기록이 시작되기를

언제부터였는지는 모르겠습니다.

그저 글을 쓰는 게 좋았고, 나의 감정들을 꾸밈없이
솔직하게 표현할 수 있다는 사실이 마냥 좋았습니다.

필자는 청소년기 때부터 우울과 힘듦, 행복과 삶에 대해서
항상 고민했었습니다.

그러다 깊은 심연에 빠지기도, 때로는 소소한 일상에
웃음을 짓는 순간들도 있었죠.

분명히 이 세상을 살아가는 사람 중에도 저와 같은
감정을 느낀 이가 있지 않을까 합니다.

학교생활, 직장 생활, 가족 및 친구들과의 관계,
그 외에도 무수히 많은 상황 속에서 말이죠.

그 사람들에게 작은 위로라도 주고 싶어서
글을 배우지도, 많은 연습을 하지도 않은 채
무작정 저의 감정을 써 내려갔던 것 같습니다.

사전을 뒤져가며 이 감정이 어떤 단어와 가장 잘 어울릴지
고민하고, 짧으면서도 완벽하게 제 생각들을 문장에 담고
싶었습니다.

제 글은 투박하고 정돈되어 있지도 않으며
어쩌면 읽는 이로 하여금 불편함을 느낄 수도 있습니다.

당연히 멋있고 황홀하게 표현할 수도, 심금을 울리는
글들을 쓰지도 못하죠.

하지만 이런 투박한 글들을 통해 저와 같은 감정들을 느꼈던 이들에게 그때의 감정 그대로 공감해 주고 싶었습니다.

아마 행복한 순간에는 내가 이런 감정을 느껴도 되는지,
혹여나 이 뒤에 더 큰 불행이 다가오는 건 아닌지와 같은
불안함이 있었을 것입니다.

힘든 순간에는 모든 게 나의 탓인 것만 같고 죄책감이 들며,
주위에 시선들이 두려워져 사람들에게 나의 이야기를 꺼내지
못하겠다는 생각들 또한 말이죠.

아마 이건 긍정적인 감정보다 부정적인 감정이 사람들의
생각에 더 큰 영향을 미치기 때문일 겁니다.

본래 사람은 긍정적인 것보다 부정적인 것들을 더욱
잘 인식하는 본성을 가지고 있다고 합니다.

유명한 이야기지만 코끼리를 생각하지 말라고 하면
코끼리만 생각나고, 내가 죽어야 하는 이유는 수백 가지를,
살아야 하는 이유는 한 자릿수를 채 넘기지 못한다는

이야기처럼 말입니다.

하지만 개인적으로 긍정적인 영향을 줄 수 있는 방법이
한 가지 있다고 생각합니다.
바로, 타인에게 듣는 말이죠.

연인이 나에게 지속적인 사랑을 건네면 이별보다는
그 사람과의 행복한 미래를 꿈꾸기 마련이고,
누군가 내게 위로를 건네면 참고 숨겨 왔던
감정들이 하나둘 무너져 내리는 것처럼 말입니다.

제 책 또한 무수히 많은 감정을 겪고 있을 누군가에게
긍정적인 영향을 주는 '타인의 말'이 될 수 있기를 바랍니다.
소소하지만 기댈 수 있는 그런 말들처럼 말이죠.

이 책을 읽는 당신이 누구인지 알지는 못하지만
좋은 사람이라는 건 어렴풋이 알 수 있습니다.

그런 그대이기에 그 무엇이 미래를 가로막더라도 분명히
잘 헤쳐 가리라 믿어 의심치 않습니다.

불행은 그대의 탓이 아님을, 행복은 그대가 그럴만한
가치가 있기에 찾아오는 것임을 잊지 않길 바랍니다.
또한 그대의 사랑이 영원토록 빛나기를 바랍니다.

이제 정말 이 책을 마치려고 합니다.
투박하기만 한 이 글들을 정성스레 읽어 주어 감사합니다.

이 페이지의 다음 장부터는 그대만의 기록을 남겨
또 다른 타인에게 따뜻한 온기를 전할 수 있길 바랍니다.

대체로 평범한 삶을 살아가며 당장 내일의 당신이
웃을 수 있기를, 누군가 당신의 안부를 물을 때
숨지 않아도 되는 나날들이 다가오기를.

마지막으로 잊지 않으셨으면 합니다.
우리의 감정은 고스란히 우리의 것이라는 사실을.